# Viajantes do vento

Rio Grande
1960

Dublin
2019

Heloisa Prieto
& Adrienne Geoghegan

# Viajantes do vento

ILUSTRAÇÕES
Adrienne Geoghegan

TRADUÇÃO
Victor Scatolin

© 2020 – Todos os direitos reservados
GRUPO ESTRELA
Presidente: Carlos Tilkian
Diretor de marketing: Aires Fernandes
Diretor de operações: José Gomes
EDITORA ESTRELA CULTURAL
Publisher: Beto Junqueyra
Editorial: Célia Hirsch
Coordenadora editorial: Ana Luíza Bassanetto
Ilustrações: Adrienne Geoghegan
Tradução: Victor Scatolin
Revisão de texto: Luiz Gustavo Micheletti Bazana

Dados Internacionais de Catalogação na Publicação (CIP)
(Câmara Brasileira do Livro, SP, Brasil)

Prieto, Heloisa
　Viajantes do vento / Heloisa Prieto, Adrienne Geoghegan ; tradução Victor Scatolin. -- 1. ed. -- Itapira, SP : Estrela Cultural, 2020.

　Título original: Wind riders
　ISBN 978-85-45559-96-2

　1. Ficção brasileira I. Geoghegan, Adrienne. II. Título.

20-44357　　　　　　　　　　　　　　CDD-B869.3

Índices para catálogo sistemático:
1. Ficção : Literatura brasileira B869.3
ALINE GRAZIELE BENITEZ– BIBLIOTECÁRIA – CRB-1/3129

Proibida a reprodução total ou parcial, de nenhuma forma, por nenhum meio, sem a autorização expressa da editora.

1ª edição – Itapira, SP – 2020 – IMPRESSO NO BRASIL
Todos os direitos de edição reservados à Editora Estrela Cultural Ltda.

Rua Roupen Tilkian, 375
Bairro Barão Ataliba Nogueira
13986-000 – Itapira – SP
CNPJ: 29.341.467/0001-87
estrelacultural.com.br
estrelacultural@estrela.com.br

**Heloisa Prieto** dedica este livro a Lia Nemeth.

**Adrienne Geoghegan** dedica este livro à memória de Marie Haughney, sua querida mãe, falecida em 1979, a pessoa que mais a inspirou a seguir a via da criatividade.

A seu irmãozinho, George Haughney, falecido em Nova York, em 1957. "Sentimos muita falta de sua presença em nossas vidas".

A seu falecido cunhado Brian Gallagher e a sua irmã, Grainne, que tão corajosamente enfrentou essa perda.

## Agradecimentos

Adrienne Geoghegan e Heloisa Prieto carinhosamente agradecem a:

Priscila Nemeth, pelo apoio artístico. Oscar Neiland, pela amizade e pelo apoio.

Mary O´Donnell, por suas sugestões pontuais e esclarecedoras. Sine Quinn, pela leitura crítica e pelos excelentes conselhos.

Raissa Pala Veras, pela leitura crítica e informações especializadas envolvendo questões psiquiátricas e neurológicas.

Helen Mulvany e o Irish Writers' Centre, por terem nos apresentado uma à outra.

Heloisa Pires Lima, por sua visão encantada e poética dos orixás e seus mitos maravilhosos.

Maria José Silveira, pela leitura crítica e interlocução.

Victor Scatolin, pela leitura crítica e oportunas sugestões para a criação da atmosfera "pé na estrada" e Jack Kerouac.

Kevin Fox e Marie Mc Donagh, pela acolhida e hospitalidade.

Harry Browne e os escritores Inkies, pelo incentivo, apoio e inspiração.

Davey in the Valley, pela poesia, música e amizade.

Claire Calligan, pelo apoio e pela compreensão.

Oscar Bertani Garcia e seus alunos na biblioteca do Sesi Cotia, São Paulo, nossos primeiros leitores, pelo reforço positivo e incentivo.

Adriana Toledo, pelos belos ensinamentos das tradições afro-brasileiras.

Gabriela Mancini, por projetar os personagens em nossas telas mentais.

Jeremy Murphy, pela leitura sagaz e preciosas sugestões.

Adriana de Nanã, pela magia de sua amizade.

Beto Junqueyra, pelo entusiasmo e pela parceria.

# Sumário

13 **Chegadas** *Dublin, 2018*
17 Chegadas *Rio Grande do Sul, 1960*
29 **Stoneybatter** *Dublin, 2019*
35 Troca de luvas e colares *Rio Grande do Sul, 1960*
43 **Seguindo os mesmos passos?** *Dublin, 2019*
63 Ibejis *Rio Grande do Sul, 1960*
79 **Encontro em Grafton Street** *Dublin, 2019*
85 Ovelhas negras *Rio Grande do Sul, 1960*
91 O rapto *Rio Grande do Sul, 1960*
99 **A casa de Davey** *Smithfield, Dublin, 2019*
103 A dança de Oya *Rio Grande do Sul, 1960*
111 **Ao vivo** *Dublin, 2019*
115 O Jardim das verdades *Rio Grande do Sul, 1960*
125 *Dublin/São Paulo, 2019*

| | | |
|---|---|---|
| 135 | **O viajante do vento** | *Pampas, 1960* |
| 145 | **"Ele não é um anjo?"** | *São Paulo, 2018* |
| 149 | **Fora da lei** | *Rio Grande do Sul, 1960* |
| 159 | **Ninguém é de ferro** | *São Paulo, 2019* |
| 165 | **Jurada de vingança** | *Rio Grande do Sul, 1961* |
| 169 | **Uma espécie de ousadia** | *São Paulo, 2019* |
| 183 | **"Sim"** | *Rio Grande do Sul, 1960* |
| 187 | **Entre o céu e a terra** | *Barra do Sahy, 2019* |
| 193 | **E as terras? Têm destinos?** | *Rio Grande do Sul, 1961* |
| 197 | **Quebra-cabeça** | *São Paulo, 2019* |
| 203 | **Dourada** | *Rio Grande do Sul, 1961* |
| 215 | **Dando a volta** | *São Paulo, 2019* |
| 217 | **O mestre das matas** | *Rio Grande do Sul, 1961* |
| 223 | **Aeroporto de Cumbica** | *Guarulhos, 2019* |
| 231 | *Stoneybatter e Killiney, 2019* | |

Meu mundo anda e desanda.

E eu, fantasma de mim, dupla, espectral, vago e me desloco entre fronteiras.

Três dias de vida terminada. Sete meses de vida mudada.

Fantasmas gritam do fundo de espelhos, sem autorização de dizer. Estar num mundo é ser muda em outros mundos ainda.

Novos fantasmas me espreitam agora. Um temor indefinido jaz latente somando-se à falta.

"Livros são obras fantasmas", me disse um grande amigo. Falas de além vida e morte. Vozes presas por palavras impressas aguardando cabeças onde possam escoar.

Eu quero me recolher em páginas. Quero deixá-las como armadilhas para olhos e corações.

As histórias que irei desfiar pertencem ao novelo de um bardo entrelaçado ao búzio de um jogo de ifá. Elas se alojam, em parte, nas serenas terras celtas onde a imaginação se alarga num piscar de olhos.

E também percorrem as terras incertas e eternamente cambiantes do Brasil, onde ódios e alegrias se alternam em injusta vertigem.

Mas sou Brianna das centenas de sonhos.

Quero longos caminhos sob sol e lua de um mesmo planeta.

Herdei o gosto por ventos viajantes, olhos que enxergam além de horizontes. Quero tecer pontes, esquivar-me de amarras para enredar-me em muitos destinos ainda...

# 2018

# Chegadas
## *Dublin, 2018*

– Você quer ajuda com as malas, querida?

Entrei no táxi do aeroporto, feliz por estar quase no fim de minha longa viagem. São Paulo. Dublin. Stoneybatter. Manor Street. Rumo à antiga casa de minha querida avó, a Nana Maureen.

– Você está vindo de onde, querida? Algum lugar bonito?... O que você acha desse nosso clima tão agradável... Está ótimo, não é mesmo?

O taxista falava pelos cotovelos. Eu lhe disse que Dublin estava na mesma temperatura que São Paulo, porque agora era inverno no Brasil. Ele ficou surpreso quando eu lhe disse que adorava o clima da Irlanda e pareceu muito impressionado com meu inglês. Pensou até que eu fosse irlandesa, também por causa dos meus cabelos ruivos.

– Minha avó é irlandesa – eu lhe disse – ela nasceu em Stoneybatter, aqui em Dublin, mas se mudou para o Brasil quando tinha mais ou menos a minha idade.

– É mesmo? Eu nunca estive no Brasil... Mas recebo muitos passageiros brasileiros; a maioria deles é jovem, como você... Eu gosto deles.

– Eu sou de São Paulo – respondi.

Sorri sentindo-me muito bem-vinda, relaxada e à vontade, mesmo depois de dois voos. O último entre Amsterdã e Dublin.

– Que horas são agora?

– 8 horas.

– Uau, e ainda está claro... isso é demais... bem que minha avó me disse que os dias de verão na Irlanda eram realmente longos, mas é ver pra crer.

– É bom quando os dias são longos – concordou. Continuei conversando, esquecendo todo o meu cansaço.

– Essa é a primeira vez que você vem para a Irlanda? – ele quis saber.

Eu lhe contei sobre a viagem que fiz com minha avó quando era pequena. Visitamos o Castelo de Malahide juntas, durante o inverno.

Ele assentiu com a cabeça e fixou os olhos na rua à frente.

– O senhor se incomoda se eu abrir a janela? – perguntei.

– Não. Imagine! Fique à vontade.

– Obrigada! O vento é tão refrescante... – eu disse.

Os ventos vultos, os galhos soltos, a pele pálida, os cachos revoltos...

O taxista começou a recitar um poema...

– William Butler Yeats, né? – perguntei pra ele.

– "O peito arfa, olhos em brasa"... é do Yeats, claro! "A sede do Sidhe", meu poema favorito – ele disse entusiasmado.

– É um dos meus preferidos também! – eu disse.

– Sabe, nos meus tempos de escola, eu queria ter sido um poeta...

– O senhor já escreveu um poema? – perguntei. – Nossa, o senhor recita tão bem!

Desviando os olhos para a estrada, repentinamente um pouco reticente e distante, ele murmurou uma resposta que não entendi muito bem, enquanto estacionava diante de uma casa antiga na Manor Street.

– Bem-vinda a Stoneybatter! Bem no coração de Dublin!– disse ele.

– Obrigada por tudo! Foi muito lindo ouvir um poema de Yeats logo hoje!

– O que é isso... Imagine! Você se importa se eu perguntar por que veio pra cá? Quais são seus planos para Dublin? – ele perguntou enquanto tirava minha mala gigantesca para fora do carro.

Comecei a ficar tímida. Entendi completamente a hesitação que ele demonstrou ao não me contar direito se escrevia ou não. Como é difícil confessar um sonho ainda não realizado... Quis lhe dar um abraço, mas fiquei sem jeito. Concentrei-me em pegar a mala de bordo.

– Bem, quero ser escritora e talvez uma artista plástica também...

– Você está em boa companhia – ele disse rindo, olhando de soslaio como se conseguisse ler meus pensamentos – Não desista! Pense em todos os escritores que passaram por aqui: Jonathan Swift, Laurence Sterne, Oscar Wilde, William Butler Yeats, Seamus Heaney e, é claro, o mestre James Joyce, único e incomparável!

Senti o calor ameno da tarde nas minhas costas enquanto ele me ajudava a levar as malas até a porta da casa.

O canto das gaivotas era algo de novo, especial, ecoando dentro de mim; havia uma urgência na maneira como gritavam e voavam circulando as chaminés das casas. Percebi também o aroma de malte queimado emanando da destilaria Guiness e reparei no sotaque das crianças que caminhavam acompanhando as mães nas ruas.

Todo esse cenário me fazia sentir bem distante das ruas cheias de trânsito de São Paulo.

– Obrigada, senhor – falei enquanto o pagava usando minhas primeiras notas de euros.

– Ah, obrigado, querida. Espero que você se torne uma escritora – depois piscou para mim e acrescentou – mas talvez você já seja uma grande artista.

Sorri, sem saber direito o que dizer. Dessa vez fui eu quem murmurou:

– Ah, sei lá...

Fiquei parada olhando enquanto, já dentro do carro, ele dava partida. Senti como se estivesse perdendo um amigo cujo nome eu não tinha ousado perguntar. Pensei em lhe pedir o cartão, mas agora o carro já se afastava, era tarde demais. Tentei relembrar detalhes, como as rugas em volta dos olhos claros, os cabelos loiro escuro e já grisalhos, a aliança na mão direita. Ele tinha idade para ser meu avô. O carinho se alargou dentro de mim quando pensei que talvez eu me tornasse alguém parecido: uma escritora habitada por inúmeros versos alheios, sem coragem de recitar os meus...

*Brianna*

## Chegadas
### Rio Grande do Sul, 1960

Quando pisei em terreno firme, depois de meses no mar, me senti tonta. Eu respirei profundamente tentando recuperar o equilíbrio e procurei um lugar para sentar. Ao chegar ao porto de Rio Grande, ainda do convés, naturalmente busquei com os olhos as gaivotas que sobrevoam Dublin, minha cidade natal, também portuária. Não as encontrei e meus olhos bateram no movimento do mercado. Senti fascínio, estranhamento e uma ponta de temor. As águas, o céu, o sol, os brilhos do mundo agora se entrelaçaram com uma intensidade que eu nunca tinha visto antes. As cores não me eram familiares, mesclando-se intensamente como se pertencessem a um novo caleidoscópio. As águas do porto emanavam um cheiro acolhedor e preguiçoso.

Eu estava habituada com o cinza monocromático de Dublin. Para ver cores, só indo até as estufas do Jardim Botânico ou então entrando em uma loja de departamentos, na seção de vestidos estampados, coleção de verão.

Olívia puxou seus longos cabelos escuros e encaracolados de lado. Fizemos amizade durante a viagem. Ela vinha da Europa de volta para sua cidade natal, Pelotas, depois de uma longa estada na Espanha e de algumas semanas na Inglaterra e na Irlanda. Passamos muito tempo juntas para matar o tédio durante os dias em que a viagem parecia não ter fim. Linda, tão esperta, ela parecia ser muito mais sofisticada do que eu, com grande facilidade para aprender idiomas. Além de falar português, ela era fluente em espanhol e inglês. Ela puxava conversa com todo mundo, os viajantes, os funcionários do navio, vivia rindo, brincando, adorava tomar café e comer salgadinhos. Como eu, ela viajava com a família. Os avós dela eram portugueses por parte de mãe e espanhóis por parte de pai.

Olívia aproximou-se de mim.

– Navegar é preciso, viver não é preciso, eu adoro esse verso do Fernando Pessoa, meu poeta preferido – ela disse logo que fizemos amizade. – Meus pais adoram atravessar os mares. Viajamos juntos para a Europa a cada três anos – ela completou.

Então eu lhe ensinei um pouco de gaélico, a língua original da Irlanda e, por sua vez, ela me ensinou algumas frases e provérbios em português. Meu provérbio favorito era "devagar se vai ao longe". Senti a necessidade de ser mais paciente, estávamos viajando tão devagar e ainda tínhamos um longo mar a navegar...

Ela era alguns meses mais velha do que eu e nós trocamos muitos segredos até o final da viagem.

– Repare nas andorinhas do mar – ela disse, apontando para as árvores em terra firme. – Agora você é como elas: uma ave migratória. Você vai se apaixonar pelo Brasil. Eu sei disso...

Sorri, sem saber o que responder.

Olhei para meus pais, também ocupados em fitar as novas paisagens. Disse meu pai que o Porto de Rio Grande é uma cidade importante, fundada em 1737. Ela se situa entre a Lagoa Mirim, a Lagoa dos Patos e o Oceano Atlântico. Água para todos os lados.

Talvez por misturar o cheiro salgado do mar ao das águas doces a brisa quente e delicada que senti bater no meu rosto não só me refrescava, como também me dava aconchego.

Durante os longos dias no mar, sentia muita saudade de Dublin. Mamãe ficava me dizendo para ter paciência. Meus irmãos, James, Robbie e Tom, não pareciam tão impacientes quanto eu. Eles fizeram amizade com uma turma de adolescentes no navio. Algumas garotas eram brasileiras e muito lindas. Percebi que Jimmy estava muito impressionado por uma delas. Meu irmão tinha 16 anos e era muito tímido, mas a garota não. Eu me divertia um pouco, percebendo o jeito atrapalhado dele...

Aportar no Rio Grande me deixou maravilhada. Parecia que eu era criança. O sol do meio-dia emprestava contornos mais definidos a tudo o que eu via. Reparei nas imensas pilhas de sacos de arroz, café, açúcar, milho. Vários empregados portuários vinham empurrando carretos repletos de sacos, que, depois de retirados, eram cuidadosamente depositados formando pilhas altas. As camisetas claras coladas nas costas suadas, os braços fortes e nus, eles pareciam incansáveis. Mas nós, os viajantes, estávamos todos exaustos. Meus dois irmãos e eu levamos a bagagem para o porto. Precisávamos esperar que nossos primos nos pegassem e nos levassem para a fazenda. Ficamos ali, matando o tempo e batendo papo.

Nossos parentes irlandeses que moram no Brasil tinham convidado papai para trabalhar na administração da fazenda. Ele tinha experiência com importações e administração, pois havia gerenciado o mercado Smithfield´s perto de nossa casa em Stoneybatter. Papai cresceu numa fazenda de criação de ovelhas, em Carlow, mas meu avô sempre lhe dizia que o futuro estava na carne bovina e nos laticínios. Embora tivesse cursado Agronomia em Dublin, durante a crise, não conseguiu trabalho em sua área, e acabou aceitando um emprego no mercado. Sua cunhada, tia Marie, já vivia no Brasil há anos, onde tinha enriquecido muito. Eu teria que lhe fazer companhia e a ajudá-la na administração da casa. Titia estava de luto após a perda de seu marido, tio Paddy, que eu nunca cheguei a conhecer. Ele era o irmão preferido do papai, o mais velho de todos. Papai dizia que eu faria bem a titia, ajudando-a a superar a tristeza, por assim dizer.

Respirei profundamente e um cheiro de doces inundou meus sentidos... Agora eu já estava alegre e animada, apesar do cansaço. Meu estômago doía de fome. Olhei meu relógio de pulso. Ainda iria demorar até a hora marcada para que nossos primos chegassem. Reparei em uma família italiana que tinha viajado conosco. O jovem casal e seus três filhos pequenos eram recebidos carinhosamente por parentes. Um senhor forte e alegre, provavelmente o avô, ajudou-os a carregar as malas enquanto sua mulher abraçava as crianças e lhes dava fatias de bolo e pão tiradas de uma cestinha de vime. Era uma cena alegre e gostei de testemunhá-la. Pela carinha das crianças, o bolo era delicioso. Minha fome aumentou.

Meus pais estavam ocupados com nossa bagagem. Trouxemos vários baús. Papai estava verificando se todos tinham chegado direito. Ouvi mamãe dizendo que dois carros viriam nos pegar. Teríamos de viajar primeiro até a Fazenda Santa Brígida, da tia Marie. O plano era que todos ficassem descansando ali durante alguns dias, depois eu ficaria morando com titia enquanto mamãe, papai, meus irmãos Jimmy, Robbie e Tom se mudariam para a outra fazenda, chamada São Patrício, onde teriam muito trabalho pela frente.

Decidi dar uma caminhada até as ruas ao redor do porto. Olívia conversava com seus pais e parecia ocupada com a bagagem. Pensei em chamá-la, mas depois achei que seria invasivo. Eu sairia para dar uma volta rápida, depois, quando chegassem os parentes, eu sabia que teria de me despedir dela e estava evitando esse momento. Detesto despedidas.

Reparei numa feira muito lotada e animada. As barracas coloridas vendiam de tudo: roupas, panelas, alimentos, fumo de corda, estátuas coloridas, louça delicada, objetos antigos, espelhos. Reparei numa delas em especial, repleta de bolsas de vime, muito leves, lindas e coloridas. Toquei uma das bolsas com a mão, ela tinha uma estampa geométrica e forro de tecido verde. Era do tamanho exato para carregar minhas coisas: carteira, maquiagem, pente, lápis, canetas e cadernos. Além disso, ela tinha um cheiro de planta muito bom, resumindo: era um verdadeiro tesouro, completamente diferente das bolsas que eu usava na Irlanda.

A vendedora, uma linda menina vestida com trajes africanos, o cabelo crespo preso num coque apertado, o peito colorido por belos colares de contas, abriu um grande sorriso. Eu tinha algumas moedas brasileiras no bolso, que papai tinha me dado antes do desembarque. Não sabia ainda calcular preços, mas eu as mostrei à vendedora. Uma senhora idosa, de turbante colorido, uma túnica lindamente estampada, aproximou-se e conversou com a menina. Ambas falavam um idioma que eu não conhecia, diferente do português. A garota aproximou-se de mim, depois separou duas moedas na palma de minha mão, tomou-as para si e me entregou a bolsa, deixando ainda três moedas comigo.

Caminhando toda feliz, fui seguindo o aroma convidativo de peixe frito. Usei as moedas restantes para comprar anchova, numa barraca onde se vendiam espetinhos de carne e peixe. Assim que dei a primeira mordida, eu me arrependi de não ter pedido mais moedas ao papai, pois eu teria comido ao menos mais dois espetinhos se pudesse. Mas agora o dinheiro tinha acabado e a fome, não. Ao lado, outra barraca cheia de frutas coloridas e vegetais frescos. Fui dar uma olhada e me ofereceram uma fatia de manga. Fiz gestos indicando que não tinha mais dinheiro. O dono da barraca, um senhor muito simpático, fez sinal para que eu me servisse mesmo assim. A fruta tinha gosto completamente diferente de tudo o que eu já tivesse comido antes, a manga escorregava na boca, o sabor era meio apimentado e doce. Estava saboreando uma fatia de abacaxi quando vi pessoas tomando uma bebida numa jarra com um canudo de prata. Vários homens e mulheres sentados em círculo, compartilhando uma bela garrafa de metal coberta por couro entalhado. Cada um tomava um gole profundo e passava para a próxima pessoa. Olívia apareceu do nada:

– Ah, te achei! Você saiu sem falar comigo? Estava te procurando! Eu lhe disse:

– Que bom te ver! Você estava ocupada com a bagagem. Fiquei sem jeito de te chamar.

– Mentira! Eu já te conheço bem. Você não queria se despedir de mim. Mas não fiquei brava, não. Eu também detesto despedidas.

Demos risada e nos abraçamos.

Apontei para as pessoas bebendo da mesma garrafa, sorvendo com o mesmo canudo.

Reparando na minha cara de espanto, ela disse:

– Surpresa? Você nunca viu gente tomando chá desse jeito? Isso é chimarrão, o chá de ervas do gaúcho. É feito com uma erva forte chamada mate. Tem um gosto muito amargo, mas você se sentirá cheia de energia novamente! É a nossa bebida tradicional, quer provar?

– Mas Olívia! – eu respondi – nem conhecemos essas pessoas.

Ela sorriu, pegou-me pela mão e me colocou sentada ao seu lado no círculo. Um homem velho vestindo calças largas, botas compridas, um chapéu redondo e um lenço vermelho passou a garrafa de chá de ervas para nós. Ele não pronunciou uma palavra, apenas sorriu e assentiu enquanto nos oferecia o chimarrão.

Embora tivesse um gosto amargo, o chá me deu muita energia. Foi uma ótima sensação, então fiquei feliz esperando minha vez de tomar outro gole.

– Vi que você gostou do nosso jeito, linda garota ruiva...

Eu me virei para ver quem estava falando comigo. O sorriso me tirou o fôlego. Sérgio. Olhos grandes e escuros, cabelos pretos ondulados, pele bronzeada e saudável, ele tirou o grande chapéu como saudação a Olívia e eu, os olhos brincalhões, a postura confiante de alguém que se sabe atraente. Vestido como um gaúcho, as botas escuras de cano alto, colete e calças largas, sua figura me impressionou. Fiquei só reparando no jeito da Olívia quando o viu. Ela jogou os longos cabelos para trás e devolveu o sorriso, animada, depois olhou atentamente para o rosto forte de Sérgio. Ri alto, desajeitada, talvez como uma tentativa de esconder meu interesse.

– Você deve ser Maureen – ele disse.

– Sim – eu disse – me desculpe se o meu português é um pouco lento, só sei o básico.

– Seu sotaque é maravilhoso, querida – ele disse – mas eu falo inglês muito bem também. Eu sou amigo da sua família, na verdade, somos vizinhos. Minha fazenda, Sol no Horizonte, fica a poucos quilômetros da sua terra. E vim aqui para te levar para casa comigo, Maureen...

Percebi que precisava apresentar Olívia, até para disfarçar meu jeito confuso.

– Essa aqui é a Olívia, fizemos a viagem juntas – eu lhe disse.

– Muito prazer, Olívia.

Olívia se ergueu para cumprimentá-lo, em seguida, ele virou e me ofereceu seu braço forte, ajudando-me a me levantar. Meu cabelo estava solto e voou sobre o meu rosto. Sérgio afastou-o, sorrindo como se me conhecesse intimamente. Fiquei sem palavras diante da ousadia dele. Um garoto irlandês jamais teria feito esse gesto. Desviei o olhar, fingindo que eu também tinha autoconfiança.

Morta de medo de que ele percebesse o quanto me impressionava, disfarcei e fiz como a maioria dos irlandeses quando fica sem assunto: comecei a falar do clima.

Ao chegarmos ao porto, Olívia afastou-se para falar com os pais e pegar a bagagem.

Meu irmão Robbie se aproximou.

– Então, Maureen... ele disse sorrindo, parece que você já conheceu o Sérgio... nós precisamos ir agora...

– Temos uma longa viagem pela frente – disse Sérgio – acho que devíamos almoçar antes de sair. Quero convidá-los para comer em meu restaurante preferido: Recanto Gaúcho. Já avisei a todos que iríamos lá. Então, Maureen, por que tu não te despede da tua amiga agora?

– Espere um pouco, já volto, eu disse tocando o braço dele.

Corri até Olívia e lhe dei um abraço apertado. Ela me olhou com seriedade e disse:

– Boa sorte em sua nova vida, minha querida. Mas muito cuidado com esse seu sonho de amor perfeito! O amor pode ser de perdição... Amor de verdade não tem nada a ver com paixão de comédia romântica.

Não tive tempo de lhe perguntar por que ele me disse isso, naquele exato momento. A viagem acabou e eu, a tagarela, tinha lhe contado minha vida inteira e Olívia, a reservada, guardou segredo sobre a dela.

Eu a encarei, perplexa. Depois a abracei de novo dizendo:

– Nunca se esqueça de nossa amizade! Tenho certeza de que você vai viver um grande amor, Olívia! Como nos livros mais românticos e nos filmes de antigamente.

Olívia me abraçou com força e prometemos manter contato. Eu queria tanto ficar com ela um pouco mais, mas Sérgio tocou meu braço, insistindo que deveríamos sair.

Por que eu segui Sérgio tão naturalmente? Será que ele já controlava meus pensamentos, vontades, desejos? Abracei Olívia pela última vez e o acompanhei até o estacionamento. Ele se moveu rapidamente, colocando toda a nossa bagagem no porta-malas do carro, depois me chamou para sentar a seu lado no banco da frente, e quando meu irmão protestou, Sérgio riu e disse:

– Primeiro as damas... especialmente as muito lindas...

Meus irmãos, rindo no banco de trás, disseram rapidamente, em tom de piada:

– As damas mais lindas... quem diria...

Virei rapidamente para fuzilá-los com meus olhos irados, mas os dois continuaram a rir e cochichar.

Para disfarçar, fui apontando alguns edifícios e fazendo perguntas a Sérgio. Feliz com meu interesse, ele falava sem parar sobre a cidade portuária, dizendo orgulhosamente o nome de lugares que eu precisaria visitar, como a Catedral de São Pedro ou o Prédio de Alfândega, uma das mais belas construções do estado.

Finalmente estacionamos, diante do restaurante. Reparei que o carro de meu tio já estava ali, de modo que meus pais e eles já deveriam estar na mesa.

Já na porta de entrada, Sérgio foi bem recebido por uma linda garçonete que ele parecia conhecer muito bem. A atmosfera era exultante e eu fiquei emocionada ao ver uma banda gaúcha ao vivo. Lindas garotas com cabelos compridos e vestidos florais dançavam com seus parceiros. Sérgio notou a minha curiosidade:

– Por que não comemos primeiro e dançamos depois?

Meus tios, já sentados numa longa mesa, nos esperavam. Assim que nos acomodamos, meus irmãos avançaram nos aperitivos, dando risadas.

– O sistema aqui é rodízio – disse meu tio – os garçons virão nos oferecer churrasco de carne, peixe e frango a todo momento. As saladas e os acompanhamentos estão no Buffet.

– O senhor está dizendo que podemos comer até arrebentar? – disse meu irmão Tom com um sorriso estúpido.

– Beleza! – gritou James esfregando as mãos.

James e Robbie caíram na gargalhada, mamãe olhou feio para eles e, dessa vez, quem tentou distrair a atenção de meus irmãos com seu jeito guloso e totalmente inconveniente foi mamãe.

– Sérgio, onde foi que você aprendeu a falar inglês tão bem?

O sorriso dele indicando que mamãe tinha acertado no elogio, o corpo recostado confortavelmente na cadeira, ele disse:

– Eu queria ter frequentado a faculdade de Engenharia Civil no exterior. Estudei inglês porque pensava em morar fora.

– E por que não veio para a Irlanda? – quis saber papai.

– Eu precisava gerenciar a fazenda. Ajudo meu pai desde os 16 anos. Meu pai não acha tão importante assim ter diploma universitário. Ele prefere que a gente aprenda as coisas na prática. Tive de desistir desse sonho. Mas, pelo menos, aprendi a falar outro idioma.

– Você deve ter tido um ótimo professor – insistiu mamãe, ainda tentando desviar a atenção de meus irmãos, que já monopolizavam o garçom pela terceira vez.

– Professora, na verdade – respondeu Sérgio – sim, ela era excelente...

Senti uma ponta de ciúme, sem saber direito por que e logo disse:

– Você pode praticar o inglês comigo!

– Ah, não! – gritou Tom do outro lado da mesa – assim você nunca vai aprender o português, mana!

Meu português não era fluente e o inglês dele não era tão perfeito quanto ele achava, mas nada disso importava, eu estava impressionada e atraída por ele. Tudo o que eu pude fazer foi sorrir e dizer sim a tudo o que ele dizia.

A comida estava ótima, havia também uma grande mesa de sobremesa cheia de bolos, frutas e doces. Comecei a tamborilar com os dedos na mesa ao ritmo da música, cantarolando baixinho. Sérgio percebeu e disse:

– Olha só!

Ele saiu da mesa e ficou na frente da banda. Ao cumprimentá-lo, percebi que ele era amigo dos músicos. Então ele cantou. Eu nunca tinha ouvido uma música como essa antes. Eu não conseguia entender completamente o significado das letras, mas improvisava meu canto em cima da melodia. Sempre decorei músicas com facilidade, e queria especialmente manter essa na minha memória e no meu coração. Sérgio notou que eu estava tentando cantar. Ele me chamou para me juntar a ele e à banda.

Eu nunca fui do tipo tímida e seu gesto pareceu bastante natural. Simplesmente não resisti. Cantamos juntos pela primeira vez. Não só isso, como também dançamos, as pessoas aplaudiram, nos abraçamos no final, compartilhando a felicidade fácil e espontânea que parecia capturar a todos. Tudo teria sido perfeito, como uma cena de filme romântico, não fosse uma criança pequenina que fugiu da mesa e correu em nossa direção. O garotinho tropeçou no caminho, caiu e desatou a chorar. Um senhor, provavelmente o pai, aproximou-se e o repreendeu: "Homem não chora, meu filho. Pare com isso!" Fiquei chocada com a rispidez da voz dele. Olhei ao redor para ver onde estava a mãe. Uma jovem belíssima, de longos cabelos lisos e soltos, um vestido de seda, acenou para uma garota que estava de pé parada ao lado da mesa. A menina devia ter uns 14 anos, com um vestido simples, branco, de algodão. Ela correu em direção ao menino, levantou-o no colo e começou a lhe falar em voz baixa e carinhosa. Eu nunca tinha visto uma babá tão jovem, mas reparei que o menino já sorria enquanto ela o levava para o jardim de entrada.

Mais tarde, a caminho da fazenda, vi os campos de arroz. Lagos de águas douradas, esverdeadas, mornas e em movimento, imensamente mágicas e atraentes. Quando finalmente alcançamos os Pampas, os imensos campos do Rio Grande, eu me senti como uma criança tentando encontrar palavras para definir os sentimentos mistos de liberdade infinita, de amor e medo por aquele sol implacável. O céu exibia um azul tão forte como eu nunca tinha visto antes. O vento era quente e seu uivo, uma canção. Olhei pelo espelho retrovisor e notei que um novo tom de dourado se espalhava por todo o meu rosto. Meu cabelo brilhava com as cores do pôr do sol. Eu me senti bonita.

*Maureen*

## Stoneybatter
*Dublin, 2019*

Fui recebida no interior do grande terraço pela Connie, a dona da casa onde eu ficarei hospedada.

– Bem-vinda ao The Batter, ela disse com um inglês mais britânico do que o de minha família.

Ela era escultora, com seus sessenta e poucos anos. Trabalhava nos mercados de alimentos orgânicos nos fins de semana.

– The Batter? – perguntei.

– Stoneybatter – ela riu – vem desta expressão que quer dizer "mandar bala".

Eu sorri, esperando por uma história.

– Vou colocar a chaleira no fogo – ela disse, enquanto esperávamos a água ferver no fogão a gás.

O papel de parede com lindas estampas florais, o batente escuro das janelas largas cobertas por cortinas igualmente floridas, eu tinha a sensação agradável de estar numa casinha de bonecas.

Connie se acomodou em sua cadeira...

– Isso significa seguir na balada. Você vê como temos tantos *pubs* aqui em Stoneybatter?

– Uma balada de bebedeira, você quer dizer?

— Exatamente, você pegou o espírito. E não quer dizer que você deva ir a qualquer bebedeira!

Sorri como resposta e assenti com a cabeça. Sempre fui mais solar do que noturna.

— Espere, eu lhe trouxe um presente — eu disse.

Entreguei a Connie um embrulho que continha um pote de cerâmica rústica, lindamente entalhado.

Ela sorriu quando o abriu e tocou os sulcos dos entalhes com a atenção de escultora experiente.

— Na Beo Fada, a loja de minha Nana, vende-se arte quilombola. Esse pote foi confeccionado pela melhor amiga de minha avó: Abeje.

— Ah, querida, que maravilha! Obrigada! Depois quero que você me conte mais sobre arte quilombola! Devo ser a única pessoa da Irlanda a ter uma peça dessas!

Connie tocou minha mão e reparou na pequena tatuagem que trago no pulso: um símbolo celta.

— Já faz tempo que eu sonho em passar um tempo aqui — eu lhe disse — ganhei essa tatuagem de presente da Nana quando completei 18 anos.

Ela retribuiu o sorriso e me serviu chá. Foi revigorante sorver uma xícara de chá irlandês, bem quentinho, e comer uma fatia de pão com geleia.

Durante o chá, Connie falou sobre seu filho Ted de uma maneira que me fez querer conhecê-lo. Ele trabalhou em Moscou, ela me disse. Não entendi bem o nome da profissão, mas fiz uma anotação mental para perguntar depois.

— Ele tem essa namorada maluca — ela disse, revirando os olhos. Connie saiu para encher o bule de chá.

— Você quer biscoito?

Eu notei uma fotografia na lareira, certamente aquele era o Ted.

– Quero sim! – respondi, ainda pensando naquela imagem. A foto certeza que foi tirada em um lugar de clima mais quente que Dublin ou Moscou. Ele estava sentado contente no que parecia ser um bar de tapas. Notei um livro de viagens de Bill Bryson na mesa, ao lado de seus óculos escuros e do telefone.

– Ah, ela disse – voltando com chá e mais biscoitos – você viu como é lindo o meu Ted?

– Lindo mesmo – eu disse.

Depois do chá, Connie me levou de volta para ver as estatuetas que ela fizera no começo da semana. Seu ateliê no jardim era uma casinha empoeirada, com um cheiro terroso de argila fresca.

– Imagine – disse ela – que esse estúdio era de seu bisavô Joey. Ele era um tremendo escultor em madeira. Ele vendeu essa casa para meu pai quando eu ainda era menina. Sempre morei aqui, sem contar os anos que passei viajando na Europa.

Fiquei fascinada com a Connie e suas lembranças da família. Ela prosseguiu:

– Meu pai me contou como Joey e sua esposa Harriet tinham que se virar com quatro adolescentes em 1960, sendo que a filha mais velha era Maureen, sua avó.

– Sim, Harriet era minha bisavó... Eu adoro esse nome!

– Isso mesmo, uma mulher encantadora, que trabalhava bastante em prol da paróquia. Maureen era a filha rebelde, sua avó, justamente.

Connie me deu uma estatueta representando duas lebres gêmeas abraçando uma à outra. Disse também que as lebres eram consideradas animais simbólicos da Irlanda.

– Adivinha quem fez essa escultura? – ela me perguntou.

– Não me diga que foi meu avô Joey?

– Isso mesmo! – ela acariciou a estatueta e foi dizendo – seu avô me deu de presente quando eu era menina, porque eu vivia desenhando lebres. Foi ele quem me inspirou a seguir a carreira de escultora. Agora quero que a peça seja sua.

Fiquei tão emocionada que dei um beijo nas lebrezinhas.

– Você tem certeza de que posso ficar com elas?

– Claro que sim. Elas agora são suas.

Um brilho quente emanou de seu forno e as abelhas zumbiam contra uma pequena vidraça quebrada e suas rachaduras atadas com durex.

– Bom – ela disse – você deve estar morrendo de fome, vou lhe preparar um jantar.

Dentro da pequena cozinha, Connie tinha pão integral assado no forno. O cheiro me deixou faminta. Ela serviu pão quentinho com salada fresca, torta de batata-doce e uma xícara de Barry's Tea.

– Melhor janta do mundo! – eu disse a ela.

Hansa ficou lambendo as migalhas de pão. Connie me contou que ela a encontrou num abrigo de cães. Hansa era uma cachorra meio bagunceira, mas muito doce e afetuosa.

Meu quarto tinha uma janela alta com vista para um grande jardim. Eu podia ver o ateliê de Connie bem ao fundo. Fiquei imaginando meu bisavô Joey trabalhando ali, nos idos anos 1950. Deixei minha bagagem ao lado da cama e abri a pesada e velha janela de correr. Ela fechou com tudo. Havia uma tábua alta de madeira no peitoril da janela, que obviamente era usada para mantê-la aberta.

Funcionou perfeitamente.

Duas garotas da minha idade descansavam sob o sol do fim de tarde. Elas olharam para cima quando minha janela bateu e eu acenei para baixo, sorrindo para elas.

*Esse autoretrato foi uma criação de Maureen, avó de Brianna. Ela tinha 19 anos na época, às vésperas de mudar-se para o Brasil, rumo a uma nova vida que ela sonhava ser exótica e colorida. Aqui, ela surge solene, entre imaginárias flores brasileiras, contra o céu cinza-chumbo de Stoneybatter.*

Pareciam amigas íntimas, curtindo numa boa a companhia uma da outra.

Pensei em como seria ter amigas assim aqui em Dublin. Alguém bem perto começou a cantar. Assobiei a melodia favorita de Maureen e me senti subitamente em casa.

Connie ligou o aquecedor do banheiro para que eu pudesse tomar uma ducha rápida antes de ir para a cama. Estava cansada demais para lavar o cabelo, então o prendi num coque.

Eu não consegui dormir direito naquela primeira noite. A casa tinha ruídos e odores desconhecidos. Os lençóis tinham perfume de lavanda, o aquecedor zunia baixinho. Um cachorro latiu à distância. Melhor escrever...

*Brianna*

## Troca de luvas e colares
*Rio Grande do Sul, 1960*

Assim que o carro atravessou o grande portão de madeira pintado de amarelo, reparei no jardim, quase um pequeno bosque tropical que cercava a casa de tia Marie. Uma árvore maravilhosa, com uma copa de flores vermelhas, pequenas, exibia uma espécie de faixa também vermelha, presa a seu tronco. Era como se a árvore tivesse sido embrulhada para presente. Apontei a árvore com a mão, mas Sérgio não viu meu gesto, ou talvez o tenha ignorado simplesmente, ocupado em estacionar o carro.

Embora do lado externo a imensa casa térrea se parecesse com as residências estilo português que eu tinha visto na cidade de Rio Grande, as varandas estavam enfeitadas por grandes vasos que traziam desenhos abstratos. De dentro de alguns deles brotavam lavandas e o perfume era delicioso.

Tia Marie apareceu à porta, miúda, magra, sorridente, mas um pouco abatida. Com o cabelo loiro preso num coque baixo, a saia marrom e a blusa com um estampado floral discreto, ela nos cumprimentou com simplicidade.

– Sejam bem-vindos! Eu não via a hora de me encontrar com vocês! Entrem, venham tomar um chá e comer um sanduíche, mas também preparamos refeições para o caso de vocês chegarem com muita fome!

Desci do carro rapidamente e fui ao encontro dela. Senti um carinho imediato quando a abracei.

– Imagine, tia Marie, não precisa se preocupar...

Nisso, de dentro da casa veio uma garota alta, magra, elegante, olhos largos, negros, os belos traços de seu rosto emoldurados pelo longo cabelo crespo, dividido em pequenas tranças. Ela usava uma saia maxi estampada e uma blusa clara. Nos braços, muitas pulseiras coloridas combinando com seus colares de contas. Imediatamente senti vontade de capturar sua beleza num retrato. Já visualizava um fundo de tela cor de laranja, quando tia Marie nos disse:

– Esta é Abeje – disse tia Marie – tocando os ombros da menina. – Ela é como uma filha para mim.

O carro que trazia meus pais estacionou logo em seguida. Meus irmãos rapidamente levaram a bagagem para dentro.

Logo notei a tristeza nos olhos de tia Marie e seu esforço para nos receber. Tudo o que eu pude fazer foi abraçá-la com muito carinho, mas sem saber ao certo o que dizer. Papai se parecia muito com tio Paddy e percebi o quanto tia Marie estava emocionada ao vê-lo depois de tantos anos.

Sérgio ajudava meus pais a levarem os baús para dentro da casa, quando finalmente reparei na decoração da sala. Apesar dos móveis de madeira, estilo europeu, todo o resto do ambiente revelava outra estética. Vasos imensos de argila marrom, estampados com motivos geométricos, abrigavam violetas africanas cujas flores se espalhavam crescendo pelas paredes como se fossem mosaicos naturais.

Avistei uma pintura especialmente instigante. Era um retrato de duas crianças gêmeas. A imagem me atraiu com tanta força que estendi a mão para tocá-la. Abeje se aproximou de mim sorrindo largamente.

– Esses são os Ibejis, divindades da nossa tradição – ela disse.

— Ah, que lindos! Fale mais sobre eles...

— Primeiro você precisa sentir-se em casa, comer um pouco, descansar, não vai nos faltar tempo para conversar depois...

Perguntei-lhe se era autora da pintura e ela fez que sim com a cabeça, um pouco tímida, e depois desapareceu adentrando o longo corredor que saía da sala de estar.

Tia Marie chamou a todos:

— Imagino que estejam famintos depois da viagem – ela disse – Venham, o jantar está servido!

Sérgio, meus pais e meus três irmãos se sentaram ao redor da enorme mesa de madeira. Eles conversavam sem parar. Havia tantos pratos na mesa, salada fresca, jarras de suco, pão caseiro, bolos e frutas de aparência exótica. Tia Marie tinha preparado algumas receitas irlandesas, mas também nos oferecia pratos condimentados e brasileiros. Eu estava morrendo de fome, não conseguia parar de me servir, mas eu gostava principalmente do arroz e feijão-preto. Tinha um sabor tão incomum, tão robusto. Pode parecer estranho, mas me senti com uma imensa energia depois de dar só algumas garfadas.

— Maureen! – disse minha mãe – Nunca te vi comer tanto! Vai com calma, querida! Eu não sei o que está acontecendo com esses meus filhos – ela acrescentou dirigindo-se a Sérgio, como se sentisse envergonhada por nós – a viagem despertou-lhes o apetite!

— Ela precisa se recuperar. Foi uma viagem muito longa – disse Sérgio, tocando na minha mão – minha mãe sempre foi tão rigorosa com as boas maneiras que me sentia envergonhada e até culpada por ter comido tanto.

— Sim, Sérgio, você está certo! – disse tia Marie – temos muita comida aqui, e uma jovem precisa se alimentar bem...

Meu pai sorriu para ela e disse:

— Sérgio é como se fosse um filho para você, não é, Marie?

Os Ibejis, divindades gêmeas da tradição afro-brasileira, foram retratados por Abeje e oferecidos como presente a Maureen.

– Sim, Joey, com certeza. Depois que fiquei viúva do Paddy, Sérgio me fez companhia e me ajudou na fazenda. Eu estava tão triste que sinceramente acho que não teria me reerguido sem ele... mas Abeje também tem sido meu grande apoio nesses dias terríveis.

Além de fazer companhia nos últimos meses, ela fez questão de cuidar de minha alimentação, da minha saúde. Seus pratos são irresistíveis, nem deprimida eu os recuso. Obrigada, querida...

Sérgio disse rapidamente a Abeje:

– Vá buscar um café pra gente, por favor...

Ela saiu rapidamente, sem dizer uma palavra.

Saímos da mesa e fomos para os nossos quartos. Anoitecia. Assim que abri a porta do meu, Abeje entrou comigo.

O quarto era enorme, havia uma grande cama de casal com edredom colorido, uma penteadeira espelhada e um armário de madeira. O pé-direito era muito alto, duas janelas imensas davam para o jardim. As folhas de uma bela palmeira tocavam uma das janelas abertas. Uma leve brisa balançava as cortinas de chita. Ouvi o canto melodioso de um pássaro. Corri até a janela e ainda pude ver o passarinho de cabeça vermelha antes que ele alçasse voo.

Eu me senti muito distante de meu antigo quarto em Stoneybatter, mas a luminosidade multicolorida daquele final do dia me dava tanta alegria que fui me esquecendo da saudade que naturalmente se sente de tudo o que nos é familiar. Abri meu baú e tirei minha camisola. Eu trouxe minhas luvas de camurça vermelha, sem perceber que não iria precisar mais usá-las. Talvez pudesse fazer um quadro decorativo com elas, pensei, já imaginando como seria a moldura.

Abeje chegou perto do baú e acariciou as luvas. Percebi que ela nunca tinha visto uma parecida com as minhas. Eu me senti tão grata pela maravilhosa refeição e sua presença gentil, querendo tanto que fôssemos amigas, que peguei as luvas e fiz um gesto para dizer que queria lhe dar de presente. Abeje segurou as luvas e as acariciou, pedi que ela as experimentasse. Eu lhe contei que fizera amizade com uma menina de Pelotas, chamada Olívia, durante a viagem, agora, tinha certeza de que também seríamos muito amigas. As luvas couberam perfeitamente. Ela sorriu olhando para as mãos. Então, ela pegou um colar de sementes vermelhas impressionantes dizendo que eu deveria aceitá-lo. Luvas vermelhas em troca de um colar de sementes vermelhas. Um belo início de amizade. Coloquei o colar no pescoço e fomos para a janela. Eu vi o luar começando a derramar-se por sobre os campos. Um vento quente acariciou meu rosto e fechei meus olhos. Senti como se estivesse deslizando sobre o vento ao longo das planícies. Eles pareciam intermináveis sob o luar.

– Gostei muito de você! – disse Abeje. – Na minha tradição, cada pessoa é protegida por uma divindade da natureza e quando duas pessoas se conhecem, os deuses de cada uma delas precisam fazer amizade também. Senti como se já a conhecesse faz muito tempo. Quando os deuses se gostam, a amizade é imediata.

– E o que acontece quando os deuses não se gostam? – eu lhe perguntei, rindo.

– Ah, aí não tem jeito. Mesmo que surja uma amizade ou até mesmo amor entre as pessoas, problemas surgirão...

– E como saber o que sentem esses deuses?

– Ela riu e respondeu... ah, isso você vai aprender com o tempo... mas antes de ouvir os deuses da floresta, você precisa aprender a escutar a mata. Está escurecendo lá fora, preste atenção...

Ouvi vários ruídos, pássaros noturnos cantando, lagartos deslizando sobre o vidro, macacos tagarelando uns com os outros. Meus sentidos foram eletrificados. Meus olhos podiam ver no escuro e assim encontraram os olhos de uma onça. Ela percebeu minha presença e fugiu. Abri os olhos novamente, tentando recobrar os sentidos. Eu não estava sonhando, estava certa disso. Abeje sorriu-me calorosamente, embora misteriosa, e fechou a janela.

– Você tem que dormir com as janelas fechadas – disse ela – tem muito bicho aí fora. Vai que eles entram...

Assim que ela saiu, me joguei na cama. Meu corpo doía de tanto viajar, mas ainda levei 1 hora ou mais até relaxar e finalmente cair num sono profundo.

*Maureen*

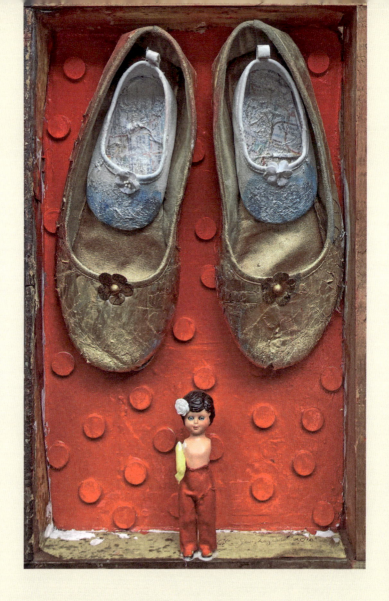

Brianna construiu essa peça pouco antes de deixar São Paulo rumo a Dublin. Ela se inspirou no desejo de seguir os mesmos passos que sua adorada Nana Maureen. A caixa em si é uma gaveta de armário de uma antiga farmácia. A boneca estava guardada na caixa de brinquedos velhos de Maureen. Ela a deu de presente para Brianna dizendo: "Eu sempre quis inserir a boneca numa obra minha, mas nunca encontrei o espaço adequado. Talvez ela combine mais com uma de suas criações.

## Seguindo os mesmos passos?
*Dublin, 2019*

Me chamo Brianna.

Maureen Haughney, minha avó, veio da Irlanda, a terra dos mitos e das lendas, como ela costumava dizer. Sempre a chamei de Nana, às vezes, Nana Maureen. Meu avô deixou Buenos Aires e passou grande tempo viajando através da região austral da Patagônia, na Argentina, também conhecida como Terra do Fogo, para viver no Rio Grande do Sul.

Meus avós se conheceram nos Pampas, as planícies ventosas do sul do Brasil.

Eles se chamavam "viajantes do vento". Adoro esse nome.

Realmente acredito que herdamos histórias. De todos os tipos.

E essas histórias são as guardiãs de nossos segredos. Mas e os segredos de família?

Eu quero beber desses segredos como antídoto aos venenos ocultos, entrelaçados nas memórias, segredos que se tornam fios fatídicos se não dominados, ou, ao menos, rompidos. Em todas as vidas, chega o momento de cortar os nós de histórias fiadas antes que se nascesse.

Esse é o meu momento agora.

Tudo entre nossa família soa tão luminoso, tão bem-sucedido, mas eu quero enxergar bem além das histórias preferidas, das conquistas, peripécias, eu quero ouvir o que raramente se conta. "Querida e irrequieta Brianna..."

É o que minha Nana Maureen gosta de dizer... A voz, a risada, a sabedoria dela.

Na verdade, dela, tudo me faz sorrir.

Histórias também podem ser guardiãs de sonhos... ou pesadelos. Eu me pergunto o que de fato herdei.

Minha avó, adorada Nana Maureen. Ela sempre foi uma esplêndida contadora de histórias, conhecendo contos de magia, de fadas, mitos celtas, anedotas, histórias reais e causos de infância.

Tenho sorte de ter herdado o cabelo ruivo ondulado e os olhos verde-escuros. Eu tenho a pele dourada do meu pai. É rara essa combinação genética.

Minha mãe diz que eu tenho o riso dela e a voz.

Mas, acima de tudo, quero ser a porta-voz de sua história de vida. Quero compartilhar tudo o que minha Nana viveu, quero me tornar uma escritora e também uma artista plástica. Só assim serei capaz de honrá-la.

Meus amigos dizem: "Por que você está tão obcecada com a biografia de sua avó e todas as histórias malucas que ela te contou?".

Eu digo a eles:

– Vovó Maureen e eu não só compartilhamos os genes, mas ela me ensinou também a falar, a ler e a escrever em gaélico. É a nossa linguagem secreta. Ninguém no mundo tem mais a ver com minha avó do que eu mesma.

– Cada um com sua mania – disse uma amiga minha.

Achei que talvez ela estivesse com um pouco de inveja, porque ela mesma nunca chegou a ser tão próxima da avó.

Quando menina, minha mãe falava comigo em inglês, Nana em irlandês e meu pai em português. Portanto, desde muito cedo eu conseguia não apenas falar, mas até sonhar em três línguas fluentemente. Desde criança eu sentia que cada idioma parecia colar diferentes olhos em meu rosto. A cada língua, um horizonte.

Em São Paulo, onde cresci, minhas amigas queriam viver como princesas, apaixonar-se e morar em castelos de contos de fadas. Algumas pertenciam à Brigada da Bela Adormecida, sonhando serem resgatadas. Já as mais aventureiras brincavam de Branca de Neve, fugindo de madrastas ciumentas rumo à travessia solitária da floresta.

Agora, quando penso em tudo isso, fico achando que meus amigos tiveram vidas privilegiadas. Pelo menos em comparação com a vida de minha Nana Maureen. Se você tiver nascido numa família de posses em São Paulo, provavelmente crescerá num apartamento espaçoso, confortável, com empregados. Você terá uma casa também espaçosa na praia. Você irá para as melhores escolas, e também terá professores particulares. Tudo isso me parecia normal. Hoje em dia, percebo que todo esse entorno fez com que eu tivesse uma vida bem mais protegida do que a de minha avó. Meus pais sempre tentaram me poupar de todo tipo de sofrimento, preocupação ou desconforto. Eles nem sequer permitiam que a Nana me contasse histórias de fantasmas, imagine só, e eu as adorava, principalmente quando aconteciam em castelos mal-assombrados...

Não há castelos no Brasil. Então nós os construímos com caixas de papelão ou almofadas empilhadas. Nós só vimos castelos de verdade nos nossos livros ilustrados.

Vovó me levou para a Irlanda três vezes quando criança. A última viagem foi quando eu tinha 11 anos de idade.

Claro, tudo o que eu queria fazer era ficar visitando castelos. Então ela desenhou um mapa ilustrado de todos os castelos ao redor de Dublin.

Um dos castelos mais memoráveis foi o Castelo de Malahide. Nós o visitamos num dia de verão com vovó, seus amigos de infância e seus netos incontroláveis.

Ela era uma exímia contadora de histórias, então, é claro, ela teve que dar um giro na "história do castelo".

Durante uma visita ao Castelo de Malahide, vovó disse que o rei Henrique II da Inglaterra construiu o castelo para seu amigo Sir Richard Talbot em 1185. Ela estava relembrando os detalhes do folheto. "Há rumores de que ainda é mal-assombrado por um bobo da corte, conhecido como o Malandro Puck de Malahide. Quando o castelo foi vendido, em 1979, muitos potenciais compradores alegaram ter visto o fantasma vagando por ali".

– A história continua – ela prosseguiu como se fosse uma história de assombração – "o Malandro havia se apaixonado por uma prisioneira, Lady Elenora Fitzgerald. Infelizmente, o Malandro foi misteriosamente esfaqueado até a morte fora do castelo e, em seu último murmúrio, prometeu assombrar o castelo para sempre.

– Buuuuuu! – ela gritou, e corremos cada um para um lado, gritando deliciosamente de medo.

As outras crianças e eu chamamos por Puck, O Malandro.

– Lá vem Lady Elenora! Lá vem Lady Elenora!

Então, alguém alegou ter visto o Puck saindo de um arbusto, e todos nós gritamos: "O Puck está chegando, o Puck está chegando!" Vovó fazia amigos facilmente. Todos nós, as mães e as crianças, comemos chá com bolos depois da história do Puck.

Esse lugar tinha os melhores bolos que eu já havia visto. Foi difícil decidir.

Lemon Drizzle Cake, Carrot Cake, Red Velvet Cake, Apple e Blackberry Crumble...

– Você já viu um fantasma na vida real? – uma das crianças me perguntou...

– Ainda não! – falei rindo.

– Você já viu macacos de verdade no Brasil? – perguntou outro, interrompendo minha escolha de bolo.

– Sim. Milhões de vezes, eu disse. Na fazenda da vovó, no Rio Grande. Eles se chamam bugios, são muito fofos... e bem engraçados também!

Na mesa de jantar, vovó tirou algumas fotos de sua bolsa enorme e bagunçada.

As crianças não conseguiam acreditar que eu já tinha estado numa mata de verdade, cheia de bugios.

– Deixa eu ver, deixa eu ver – eles diziam...

– Agora, acalmem-se – disseram as mães. Naquela noite, vovó sussurrou:

– Brianna, você percebe que, apesar de ainda ser tão jovem, você já foi a um castelo assombrado, brincou com bugios de verdade, voou em um avião e provou um verdadeiro *red velvet cake*?

Eu ri só de pensar nisso. Então ela acrescentou:

– Como você se sente tendo visitado tantos lugares diferentes?

– Eu adoro isso, vó – eu disse – mas às vezes eu gostaria que meus amigos pudessem ir pra esses lugares também, assim como eu. Castelos, macacos, bolos; na minha vida, não são apenas cenas ou personagens de histórias.

– É meio solitário, então? – ela perguntou.

Era isso mesmo, eu me sentia orgulhosa, privilegiada e

solitária, tudo ao mesmo tempo.

– Eu vou te contar um segredo, Brianna.

– Ah, eu amo segredos, Nana!

– Elfos são seres mágicos que pertencem a todos os lugares e a nenhum ao mesmo tempo. Se você quiser ver um elfo, deve esperar por ele numa encruzilhada.

– Eles são espertos, Nana, muito sabidos mesmo?

– Ah, claro.

– Como assim?

– Bem, vamos apenas dizer que você está no meio de uma encruzilhada, certo? E, claro, você enxerga nas quatro direções. Mas você ainda precisa decidir que caminho seguir. Você gosta de tomar decisões?

Eu não sabia muito como responder, então apenas sorri e disse:

– Pequenas decisões são divertidas, tipo escolher o bolo para comer – eu disse, rindo. Vovó me abraçou.

– Você é impagável, minha neta! – disse ela – e saímos para a cozinha para pegar um sorvete.

Outra pequena decisão... chocolate ou pistache?

Será que realmente sabemos por que escolhemos um caminho e não outro?

O Puck de Malahide decidiu se apaixonar ou simplesmente aconteceu?

Seu destino foi inevitável?

Por que será que fiquei obcecada em vir para Dublin?

De qualquer maneira, eu estava contente por ter trazido o velho caderno da vovó com o mapa do castelo.

Preciso revisitar os nossos lugares do coração... Seria o Castelo de Malahide exatamente como eu me recordava?

E o Castelo Ardgillan, com seus enormes jardins? Li nas anotações manuscritas da vovó que o castelo deveria ser assombrado por um fantasma conhecido como "The Waiting Lady", a dama à espera.

Quanto disso é verdade e quanto é fruto da fértil imaginação da vovó?

Será que faz alguma diferença?

Convidei Connie para vir comigo. Ela ficou radiante por ter um dia longe do ateliê, disse que lhe faria bem e poderia até inspirar sua próxima escultura.

Li a anotação da vovó:

"O marido da mulher supostamente se afogou no mar numa noite enquanto ela observava da ponte. Ela agora assombra o castelo esperando o retorno dele. Que Deus proteja a alma dessa pobre coitada."

20 anos.

Não sou como as cobras que vão largando peles na estrada. Nunca abandono as antigas Briannas. Morri para a infância, mas ainda trago comigo a criança incapaz de compartilhar tantos mundos dentro de si, a garota excluída da vida perfeita de seus pais. A adolescente resiliente e alegre, indiferente ao tédio e a todos os mecanismos para combatê-lo: transgressões, rápidas relações e, sobretudo, as festas. Sempre as detestei.

Minha mãe, Claire, é a filha caçula da Nana. Ela nasceu em São Paulo, na década de 1970. Hoje, ela é uma arquiteta bem-sucedida e meu pai, Pedro, um engenheiro renomado. O apelido dele é Pepe. Trabalham juntos, em total harmonia, desde sempre. Os dois têm a mesma idade, cresceram no mesmo bairro e frequentaram a mesma escola. Foi lá que eles se conheceram e se apaixonaram. Começaram a namorar durante um festival de música. Eles se casaram na hora certa, foram morar em uma casa recém-construída, já recebendo ótimos salários. Sou a filha única. Tudo o que os circunda é paz, harmonia e equilíbrio. Eles sempre são corretos e racionais. Controlam tudo a seu redor, não fazem nada por acaso. Minha mãe curte conversar, a respeito de tudo e meu pai se alegra em ouvir. Eles raramente discutem ou discordam. É quase como se eles pudessem se comunicar sem precisar falar. Isso pode parecer ideal, até estranho, dependendo do ponto de vista. No final, como eu poderia ser tão querida por eles que já se amavam tanto? Dentro da bolha de perfeição deles não havia espaço para uma criança agitada e rebelde como eu. Era como se eu fosse uma contradição ambulante, tímida e ousada, ao mesmo tempo, esquisita, antissocial, mas boa nos esportes.

Eu tinha 7 anos quando meus pais deram um grande jantar de ano-novo. Garçonetes começaram a chegar por volta das 6 da tarde. Mesas pequenas estavam espalhadas pelo nosso grande jardim, no meio de palmeiras, hibiscos e cactos. Nossas cachorras, Tammy e Lucy, tinham de ficar presas. Disseram-me para tomar um banho e me vestir. Mamãe me comprou um vestido com renda cor-de-rosa, muito fru-fru, que eu odiei.

Por volta das 8 horas eu já estava morrendo de fome. Eu me lembro de me sentir estranha e desconfortável no meu vestido rosa rendado. O decote era duro e áspero, o tecido me pinicava e o zíper arranhava minhas costas. Eu não podia tocar em nada da comida. Tivemos de esperar pelos convidados. Eu só queria pegar um copo de chocolate e um queijo quente, mas a geladeira estava cheia de pratos estranhos e desconhecidos que eu não podia tocar.

Os convidados começaram a chegar, vestidos com esmero. Nenhum deles trouxe os filhos. Eu me senti sozinha e com fome. E o que era pior, eu me sentia invisível. A música estava tocando alto. *Jazz* e *pop*. Casais começaram a dançar no meio do jardim. Ninguém falava comigo, quando muito me cumprimentavam rapidamente me olhando como se eu não devesse estar ali, no meio da festa. Nana não chegava nunca. Mamãe me disse que ainda estava trabalhando no *pub* dela, o Freedom Corner.

Eu detestava ver a casa cheia de gente estranha, não suportava o perfume forte das mulheres, o cheiro de charuto dos homens. Mamãe deixava todo mundo fumar na sala de estar. Meus olhos ardiam com a fumaça. Uma empregada entrou na sala carregando uma bandeja com as taças de champanhe. Eu estava andando na direção do banheiro, tossindo forte por causa de tanta fumaça de cigarro.

Nós trombamos no corredor, as taças estilhaçaram no chão, sujando todo o assoalho de mármore. Uma convidada gritou quando viu que o vestido tinha mancha de champanhe. Fez cara feia. Mamãe correu em direção a ela com um paninho, passando por mim como se eu fosse realmente invisível. Isso era típico da parte dela. Minha mãe jamais gritaria comigo ou me daria uma bronca, mas todas as vezes em que eu a aborrecia e, conforme eu crescia, isso acontecia cada vez mais frequentemente, ela simplesmente me ignorava. Ela lia muito sobre educação e eu ficava só imaginando se essa atitude seria a certa. Para ser honesta, eu preferia que ela gritasse comigo, que realmente expressasse sua raiva. Que ela soltasse um NÃO, BRIANNA! à moda antiga e pronto!

Querendo tanto que a mamãe ao menos me desse um pouco mais de atenção, corri para o meu quarto e decidi que, sim, eu me tornaria invisível. Arranquei fora meu vestido chique, vesti uma camiseta bem velha e calças de moletom. Depois, corri para a cozinha e desci pelo elevador de serviço. Eu sabia que ninguém iria me ver. Eu me escondi atrás dos arbustos do jardim e fiquei parada olhando para os meus pés descalços. Eu me senti bem mais confortável e com um pouco de vontade de dar risada. De repente, ouvi Nana me chamando, mas não conseguia ver onde ela estava.

– Brianna, Brianna, meu coração, onde é que você está?

Eu me tornei visível de novo. Ela me abraçou e já foi dizendo:

– Ah, minha maluquinha, te encontrei! Vou te dar comida de verdade... criança tem que ser criança...

Sentei-me no banco alto na cozinha, balançando os pés, e imediatamente relaxei. Nana Maureen era a única em quem eu podia confiar. Sempre que meus pais ficavam perplexos com meu temperamento caótico, agitado e imprevisível eles ligavam para ela.

Você vê, eu nasci uma criança inquieta, irrequieta e brava. Muitas vezes, tendo ataques de raiva seguidos de noites de tensão.

– Queridos – vovó diria – vocês estão tão profundamente unidos, tão apaixonados por todos esses anos, que nossa Brianna, inquieta, doidinha, não consegue encontrar seu próprio espaço perto de vocês... deixa eu levar minha neta comigo.

Então, passei a maior parte da minha infância na casa da minha vó, brincando com bonecas, quebra-cabeças, argila, desenhando, ouvindo música, não apenas porque ela e eu éramos tão parecidas, mas porque meus pais estavam envolvidos com sua vida social, seus congressos, reuniões com clientes, novos planos e tudo mais.

– Brianna, você é única com seus modos excêntricos e selvagens – Nana me disse uma vez. – Você me faz pensar na minha juventude. Quando cheguei pela primeira vez ao Brasil e vi as grandes folhas tropicais, senti falta da delicadeza das pequenas lavandas e margaridas. Mas então me apaixonei por mangueiras, seus delicados e doces aromas e seus antúrios rosa em forma de coração. Eles eram tão irresistivelmente requintados que me hipnotizaram! Isso é você, querida! Uma flor tropical da Irlanda!

Mauren Haughney, minha Nana tão querida, você só tinha 19 anos quando embarcou no navio na Europa rumo ao Brasil, cruzando o vasto oceano. Como será que você se sentia?

É claro que vovó já tinha parentes vivendo nos campos do Rio Grande do Sul. Eles se tornaram bastante ricos na América Latina. Nana me contou a respeito das cartas que chegavam à casa de Stoneybatter, muitas vezes incluindo fotografias; belas fotos de cavalos fortes e rápidos, campos infinitos e, claro, horizontes ensolarados. Eles ficavam convidando meus bisavós, Joey e Harriet, para viajar de Dublin, com seus quatro filhos adolescentes, e vir trabalhar na nova fazenda que haviam acabado de comprar. Vovó guardou esta carta:

## A carta
### Brasil, 4 de novembro de 1959

Caro Joey,

Espero que essa carta os encontre bem de saúde. Como disse na última correspondência, fomos abençoados aqui no Brasil. Começamos com um pequeno pedaço de terra, que eles chamam de "sítio", onde plantamos batatas e frutas. Mas logo depois fiquei sabendo do chimarrão, chá de erva-mate. Não só eu adorei tomar esse chá, como achei que seria um ótima ideia desenvolver o cultivo de mate. Como eu estava me arriscando com algo que eu não conhecia bem, contratei um agricultor quilombola para me ensinar as melhores técnicas de cultivo da erva. Os quilombolas são agricultores esplêndidos e eu ainda tenho muito o que aprender sobre o solo brasileiro e, é claro, o clima. Nossas colheitas foram excelentes, então consegui comprar uma boa fazenda.

Então, Joey, venho pensando em criar ovelhas, e certamente gostaria de contar com sua experiência no ramo. Não só isso, devo confessar que sinto muita falta da família.

Posso adiantar as despesas de viagem e, depois que vocês estiverem estabelecidos, faremos um acerto descontando lentamente os valores de seus salários. A fazenda provê tudo o que for necessário. Vocês logo seriam capazes de me ressarcir, porque não terão despesas por aqui. O que você acha? Será que você consegue persuadir a Harriet? Tenho certeza de que sua Maureen viria sem pestanejar. E seus meninos iriam se adaptar muito rapidamente, podendo prosseguir com os estudos, mesmo me ajudando na fazenda. Será uma vida muito saudável!

A paisagem é deslumbrante, os invernos têm a temperatura amena de um verão irlandês!

O verão pode ser bastante exaustivo, mas estou me ambientando rapidamente. Adotei diversos hábitos brasileiros, como tomar galões de limonada, dois banhos por dia e nadar nos lagos no final de semana.

Por falar em finais de semana, há uma igrejinha no vilarejo mais próximo. O padre se chama Pedro e é uma figura tão fora do comum! Muito diferente dos padres irlandeses. Ele passa a semana toda na comunidade indígena que fica nos arredores e até já fala o idioma deles. O padre nasceu na Itália, mas veio para o Brasil como missionário. Ele até usa os colares de contas indígenas, além de ter um português fluente. Um verdadeiro cavalheiro, sábio e pacífico. Digo tudo isso para que vocês saibam que poderão frequentar a missa todo domingo.

Como se não bastasse, descobri que há uma lenda segundo a qual a palavra "Brasil" deriva de uma palavra céltica: "Bress". Aparentemente, os navegantes portugueses haviam lido um mapa *viking* no qual constava uma terra paradisíaca chamada Hy Brasil. Assim que viram a floresta tropical, pensaram que a tinham encontrado.

Devo dizer que o Brasil me ofereceu uma nova vida e que eu gostaria muito de compartilhá-la com minha amada família.

Espero ter notícias suas em breve.

Abraços,

*Paddy*

Seguem algumas fotos para lhes mostrar como a paisagem é maravilhosa!

*As águas dos rios são mornas durante o verão! É como se fosse uma banheira gigantesca!*

As estradas não têm fim. A gente pode passar horas dirigindo sem avistar outro carro!

Nós adoramos o brilho dourado do entardecer! As cores são deslumbrantes!

Minha querida Marie está plantando um jardim tropical. As flores são tão exóticas!

Esse desenho de Maureen representa sua mãe Harriet, sem tempo a perder, sempre muito ocupada com sua comunidade de Stoneybatter.

Os Haughney´s finalmente decidiram arriscar e aceitaram o convite. Eles fariam a longa jornada oceânica rumo aos Pampas.

A vida tinha sido realmente sombria em Dublin, especialmente durante os longos invernos cinzentos. Maureen, minha avó querida, morava com os pais e três irmãos menores em uma grande casa antiga na Rua Manor, em Stoneybatter. Joey, meu bisavô, sempre acolheu novos desafios, tinha um verdadeiro espírito aventureiro. Aparentemente, Harriet, minha bisavó, não gostava de se arriscar e não via com bons olhos essa "grande jornada rumo ao desconhecido", segundo suas próprias palavras. Mas Joey acreditava que correr riscos significava viver a vida ao máximo. De qualquer forma, quando recebeu a proposta de levar sua família e trabalhar na gestão da fazenda no Rio Grande do Sul, ele não hesitou. Demorou algum tempo para convencer Harriet, minha bisavó, para aderir ao que ela descrevia como "sua ideia mais louca de todas". Harriet estava feliz em Stoneybatter, ela tinha um emprego de meio período na bilheteria do cinema Palladium na Rua Manor e sua reunião de terça-feira no Ladies Club, além de seu trabalho voluntário junto aos idosos. "Eu não sei por que você quer que eu largue minha vida aqui e vá com você para a floresta...", ela dizia em tom de brincadeira ao bisavô Joey. "Ah, minha querida, não seja uma estraga-prazeres" ele lhe dizia quando conversavam na hora do chá, e depois a abraçava carinhosamente enquanto Harriet ria e revirava os olhos brincando com o guardanapo.

Vovó Maureen era muito parecida com seu pai, Joseph. Com sua voz musical, corpo forte e esbelto e temperamento artístico, ela era totalmente destemida e não via a hora de embarcar no navio.

Todos vivem me dizendo que eu devia me chamar Maureen, por causa da vovó.

– Os mesmos olhos! – disse minha tia Maria.

– A mesma voz! – disse meu primo.

– O mesmo temperamento! – acrescentou minha mãe.

Sim, gosto de pensar em mim como uma garota audaciosa e destemida que adora viajar.

A audácia tem gênio, poder e magia. Sentindo o vento forte contra o meu corpo, eu me sinto viva, sem amarras. No entanto, eu sei que isso pode ser apenas a versão ideal de mim. Quer dizer, eu realmente herdei as qualidades da vovó? Sou mesmo uma neta que vai viver uma vida igualmente fascinante?

Nana me contou que, logo após a chegada da carta de Paddy, a família recebeu notícias muito tristes da parte de tia Marie comunicando o falecimento de seu marido adorado. Ele sempre tivera problemas cardíacos e detestava se tratar, repousar, seguir conselhos do médico. Tia Marie estava profundamente deprimida. Na mesma carta, ela implorava para que os planos de viagem fossem mantidos, pois seria o melhor para todos.

Harriet concordou plenamente, acreditando que prosseguir com a viagem seria o ideal. Maureen faria companhia à tia viúva e a ajudaria com a casa. Ela poderia voltar a estudar em momento mais apropriado.

No meu décimo nono aniversário, percebi que tinha atingido a mesma idade da vovó quando ela saiu de Dublin para uma nova vida no Brasil. Eu disse a ela tudo o que eu queria fazer como ela: mudar de país. Mas seguindo a rota inversa, eu iria para a Irlanda, descobrir um novo lado meu em Dublin!

– Ouça o vento dos seus pensamentos, os sussurros dos seus sonhos à noite e, principalmente, dê tempo a si mesma – disse ela.

Assenti com a cabeça, disfarçando minha insegurança.

– E quando você escolher uma estrada que você quiser seguir, vá em frente. Ninguém segue um sonho por engano, todo sonho é um farol, estradas da vida não têm um fim...

Nana silenciou em seguida.

Será que ela tinha se enganado sobre os próprios sonhos? Quantos pesadelos a atormentavam ainda? Os olhos verdes dela se escureceram e ela fitou os pés.

Não tive coragem de lhe perguntar se sentia tristeza naquele instante. Até porque eu já sabia que ela não falaria sobre isso. Criança eu já ouvia pedaços de segredos sussurrados por adultos. Eu sentia como se fios fantasmagóricos pendessem sobre minha cabeça como sentenças silenciosas. Ao mesmo tempo, a alegria e vitalidade de minha Nana faziam com que eles se dissipassem e minha curiosidade se calasse.

– Decidi estudar literatura e artes plásticas em Dublin – Nana. Vou solicitar dupla cidadania – declarei.

Ela ergueu o olhar que agora sorria forte. Sorri de volta e a beijei.

Nana manteve diários ilustrados a vida toda. Não era um segredo, vovó sempre era vista escrevendo ou desenhando em seus cadernos, mesmo assim ela preferia guardá-los a sete chaves. Ninguém tinha permissão de tocá-los, embora, de vez em quando, ela mostrasse seus desenhos a alguns amigos. Ela guardou mais de 150 cadernos repletos de reflexões e estudos.

Pertenço a tantos lugares diferentes. Eu tenho uns cem sonhos. E os pesadelos? Devo excluí-los? A vantagem de praticar alguma forma de arte é aprender a usar pesadelos como matéria-prima. Naquele momento, tudo era tão fascinante e eu me perguntava: Qual sonho ou desígnio eu devo seguir primeiro?

*Brianna*

# Ibejis
## *Rio Grande do Sul, 1960*

Eu lavava o rosto dez vezes por dia. Tomava banhos frios de manhã e à noite, bebia galões de água... porém nada, mas nada mesmo parecia funcionar.

O calor do sol era impiedoso e, no entanto, hipnotizante. Eu passava horas deitada na rede à sombra da varanda da tia Marie, olhando para o jardim tropical e para a mata logo atrás e, à esquerda, os infinitos campos.

Lá em casa, em Dublin, as pessoas pareciam estar ocupadas o tempo todo. Mas aqui a rotina era bem diferente: colhíamos frutas no pomar, Abeje e titia me ensinaram a cultivar a horta. No meio da tarde, quando ainda fazia muito calor, Abeje e eu ficávamos "fazendo arte". Titia gostava muito desse momento, sentava-se na varanda para bordar enquanto ficávamos pintando ou desenhando. A natureza era minha fonte de inspiração. Abeje preferia desenhar os deuses de sua tradição e, ao fazer isso, me contava suas histórias mágicas. Eu adorava ouvi-las.

A essa altura, Sérgio e minha família haviam se mudado para a Fazenda São Patrício, na fronteira. Eu fiquei para fazer companhia a tia Marie, o que não me incomodava porque eu a adorava.

Quando o verão se aproximava, eu tinha de ter muito cuidado ao sol, especialmente ao meio-dia. Minha pele era sensível e não suportava longas horas de exposição ao sol. Uma ou duas vezes fiquei com queimaduras nos ombros. Tia Marie tinha uma grande creme hidratante natural especialmente para isso e eu me curei rapidamente.

Eu adorava andar, mas justamente tinha que ficar na sombra entre as 11 horas da manhã e as 3 da tarde. O tempo corria em outro ritmo. Eu ficava um pouco lenta, com muito calor e cansada. Eu só me sentia desperta à noite. Eu mantinha o cabelo permanentemente molhado, solto e pingando sobre meus ombros e costas.

– Maureen – disse tia Marie uma tarde – não se preocupe, amor. Você se adaptará ao calor... vai no seu tempo e, enquanto isso, treina bem seu português. Eu já consigo falar quatro idiomas agora. Você pode fazer o mesmo.

– Quatro? Eu pensei que você só falava três, quero dizer, inglês, irlandês e português.

– Ah, mas Abeje também está me ensinando sua língua...

– Por que você precisa disso?

– Bem, quando Paddy e eu nos mudamos para cá, descobrimos que havia uma comunidade bem estabelecida chamada Quilombos, que significa Fortaleza. Eles são incríveis agricultores e Paddy amava sua música, seus tecidos, vasos e outras peças de argila, costumes e artesanato. Sendo nós mesmos irlandeses, compreendemos realmente sua necessidade de se comunicar em sua língua e celebrar seus ritos de acordo com suas crenças. Chegamos a um acordo com os membros da comunidade e vivemos em harmonia todos esses anos. Nós éramos constantemente convidados para suas festas, então eu fiz amizade com a família de Abeje. Acabei contratando-a para cuidar de mim, e ela tem me feito companhia e cuidado de mim depois que Paddy faleceu, Deus abençoe sua alma. Abeje vem me ensinado a cantar em iorubá, que é uma linguagem adorável e melodiosa.

– Uau, tia Marie, estou impressionada!

– Talvez você e eu pudéssemos tentar aprender juntas. Mas, de agora em diante, eu só vou falar com você em português, então, assim você aprende mais rápido: Tudo bem?

– Tudo bem? *All right*?

Durante uma de nossas tardes de pintura, prometi a Abeje que eventualmente lhe ensinaria canções gaélicas em troca de aulas de canto iorubá.

Minha música favorita era assim:

*Doce de coco*
*Deixe Ibeji jogar*
*Doce de coco*
*Deixe a regra de Ibeji*
*Doce de coco*
*Deixe Ibeji dançar*
*Saravá!*

Abeje me disse que Ibejis são deuses infantis, irmãos gêmeos. Eles protegem aqueles que amam a terra e especialmente as crianças.

Eles afastam o mal e trazem boa sorte. Ibejis nunca podem ser separados; eles estão ligados aos primórdios do tempo.

– Cada pessoa deve manter viva a alegria de uma criança. Por essa razão, todo adulto tem um gêmeo: a si mesmo quando criança. Normalmente se pensa que todos amadurecem e evoluem com a idade, mas, para nós, uma criança nasce conhecendo a alegria de um coração puro e a vida pode nos afastar disso. Então, comer doces de coco, que é

Inspirada pelas cores vibrantes do Brasil, Maureen criou uma colagem tridimensional, o retrato de Abeje em acrílico. Foi seu presente à sua grande amiga, que também adorou ganhar os óculos de aros azuis e o suéter rosa-choque.

um deleite tão delicioso, é uma maneira de nos lembrar da doce felicidade das crianças. Aliás, Ibejis também amam chocolate, assim como você, Maureen... Eu adorava chocolate e também descobri todos os tipos deliciosos de doces de coco. Eu sorri para ela e Abeje continuou:

– Eu tenho uma irmã gêmea, sabia?

– Mesmo?

– Sim, na verdade, Ayo é meu gêmeo e gêmea ao mesmo tempo. Ayo nasceu menino, mas decidiu ser menina. Ayo quer dizer "alegria". Quando vocês se encontrarem você vai entender.

– Esse é um lindo nome, Abeje – eu disse.

Aprender uma nova língua é como mudar para um novo reino.

Ao mesmo tempo, significa encontrar semelhanças, palavras que soam parecidas, não importa o que aconteça. Como "the sun" e "o sol": ambas as palavras têm significados idênticos.

Resumindo: as palavras tinham um novo sabor e eu senti como se meu nome, Maureen, sendo "Mariana" em português, convocasse um novo lado da minha alma. As gêmeas Maureen e Mariana!

Eu me vi tão distante da chuva de Dublin... as cachoeiras que visitávamos eram enormes. Meu corpo lentamente aprendeu a deslizar e nadar ao longo dos rios. Aqui eu não tinha necessidade de casaco ou guarda-chuva.

No começo, eu não me sentia confortável andando descalça ou usando sandálias. Senti que meus pés eram muito moles, não resistentes, pelo menos não ainda. Mas, com o passar do tempo, desenvolvi o gosto por sentir a terra entre os dedos dos pés e sob a sola dos pés. Abeje me alertou contra as cobras. Eu nunca tinha visto uma antes; não há répteis reais na Irlanda, além do lagarto comum. Quando vi pela primeira vez uma cobra-coral deslizando na grama, seu corpo gracioso e colorido brilhante contra o sol do meio-dia, fiquei fascinada, queria segurá-la e deixar que acariciasse meus dedos.

– Pare! Maureen! Você está louca.

– É tão lindo...

– Mordidas de cobra-coral são mortais, Maureen... vamos correr, vamos para casa!

Eu me virei para ver a beleza da cobra mais uma vez, não pude acreditar! Então corri atrás de Abeje, rindo, sem perceber o perigo. Mais tarde, na varanda, bebemos limonada gelada. Tia Marie veio e se juntou a nós.

– Eu me apaixonei por uma cobra-coral! – eu disse a ela. – Eu queria levar para casa comigo, como um animal de estimação!

– As belas cores de uma cobra-coral são um disfarce enganador, querida – ela alertou-me – para que não possam ser vistas pelos seus antagonistas habituais...

– Como as pessoas... – acrescentou Abeje.

– A que você se refere? – eu disse.

– Nem tudo o que reluz é ouro – disse tia Marie – as pessoas também podem ser bonitas por fora, mas perigosas por dentro. Podem lhe acariciar para logo em seguida lhe ferir mortalmente. Estes são os caminhos da mata Maureen. Preste atenção às minhas palavras, querida... deve-se sempre ter cuidado com a beleza. Outro dia tive uma longa discussão com sua mãe. Seu pai teve uma dor de cabeça terrível e ela o culpou por não cuidar de si mesmo. Ela argumentou que o corpo responde à alma. Eu discordo, claro. Tendo vivido nos Pampas por tanto tempo, sei que a verdade sempre se esconde atrás de declarações simples como as dela.

"Elas podem lhe acariciar para logo em seguida lhe ferir mortalmente".
Maureen criou a colagem ao lado após a conversa com tia Marie.

– Por que, tia?

– Bem, eu vi almas fortes em corpos frágeis e instintos assassinos nos mais fracos. As cobras são frias e coloridas, brincalhonas e mortais... como algumas pessoas que encontrei.

– Você parece estar falando sobre alguém que eu conheço, certo?

– É para você descobrir, minha querida... o silêncio é ouro. Lá vai outra das minhas frases favoritas...

Na semana seguinte, no meio de uma noite tempestuosa, vivi uma experiência inesquecível, um desses encontros incríveis cujas lembranças continuam a nos transformar vida afora.

– Ande, vamos correndo!

Acordei com Abeje batendo com força nas persianas do meu quarto.

– Por que agora? – perguntei a ela. – Eu odeio tempestades! Está chovendo muito! Você não tá ouvindo?

– Tô sim! Eles estão te chamando pelo nome!

– Abeje, você tá maluca! Eu vou ficar resfriada!

– Vai nada, Maureen! Tu vais dar uma refrescada! Tu tens de vir.

Mais trovoadas, e de algum modo eu realmente senti uma convocação.

Pulei da cama, saí pela janela e a segui. As gotas de chuva eram mornas e suaves.

Senti a água escorrendo pelo cabelo e foi delicioso. Lavou minha alma de alguma forma.

Eu segui Abeje pelo meio da mata.

Ela tinha deixado um cavalo com as rédeas amarradas a uma árvore. Saltei na garupa. Galopamos continuamente sob a chuva da noite, eu mal enxergava.

Mas não senti medo algum. Lembro muito bem disso.

Lembro-me também de a água jorrar ao longo da jornada a cada cavalgada.

– Chegamos, Maureen! Estamos em casa agora!

Ergui a cabeça, puxei meu cabelo molhado de lado e percebi que tínhamos chegado a uma pequena vila. Abeje me disse para deixar os cavalos de lado de fora, com as rédeas presas numa árvore.

– Eparrey! Bem-vindas, minhas filhas de Oya! – disse ela e fez um belo gesto com as mãos sobre a cabeça.

Eu nunca tinha visto olhos tão enormes e expressivos. Ela me olhou atentamente, apenas por alguns segundos, e eu não recuei. Na Europa não olhamos para pessoas como ela nos olhava. Soa algo rude e invasivo. Mas seu olhar era só ternura e compreensão. Eu sentia como se ela lesse as linhas secretas da minha alma. Ela parecia afinada com o tumulto emocional que eu guardava, e acolheu minha perplexidade, até mesmo minha desconfiança, em seu coração.

Ela abriu a porta e me convidou a sentar. Tentei falar, mas Abeje levou um dedo aos lábios como me dissese para ficar quieta. A senhora sentou-se em frente a uma pequena mesa de madeira artesanal e levantou um pano amarelo bordado de cima. Eu respirei devagar e senti como se uma forte névoa de afeição flutuasse sobre a minha cabeça. Sorri e disse:

– Posso perguntar uma coisa pra senhora?

– Não precisa – ela sorriu – sou eu quem vai te dar respostas. Não há necessidade de perguntas agora.

– Quem é você? – insisti.

– Sou filha de Oya, Iansã, a deusa das tempestades, da pureza, dos ventos musicais, a cavaleira de búfalos, guardiã do verdadeiro amor e da liberdade. Eu sabia que nos encontraríamos muito antes de você embarcar em seu navio, em terras distantes. Você veio de uma bela ilha, de mitos e lendas, e da força vital, do poder espiritual que nos permite mudar tudo o que é necessário mudar. Você seguiu seu caminho até nós aqui na aldeia do quilombo porque você vai nos ajudar.

– Como assim? Não consigo entender...

– Veja, Maureen, quando os bebês nascem, eles vêm ao mundo com caminhos entrelaçados. Cada um tem um nome diferente e pertence a um orixá diferente.

– Orixás? – perguntei a ela. – Não entendo...

– Orixás são as divindades das florestas, dos mares, das montanhas, dos animais, de tudo o que vive, e isso nos inclui, é claro, as pessoas como um todo. Sua tia Marie nos falou muito da Ilha Esmeralda, de onde vocês vieram. Ela nos contou muitas histórias sobre os seres elementares da natureza, que pertencem à sua mais antiga tradição. Eles também eram reverenciados. Veja aqui, acreditamos que, quando os bebês vêm à luz, alguns orixás escolhem acompanhá-los. É como se habitassem suas cabeças.

– A senhora está dizendo que tenho um orixá dentro de minha cabeça? Como um amigo invisível? Ou será que tenho mais que um?

– Minha querida, você tem o caminho de Oya na sua frente. Ela é uma deusa linda e forte, a amazona do búfalo, amante da liberdade, dama das tempestades. Ela irá te ajudar quando viajar, ela te dará amigos, força, coragem, autoconfiança e uma forte conexão com a natureza.

– Ela será minha única guia?

– Não. Você tem também Oxum, a senhora dos lagos, do ouro e da prosperidade, das comidas deliciosas, das casas confortáveis, das cachoeiras, das crianças e, claro, das habilidades criativas.

– Eles soam tão diferentes...

– Sim querida, e certamente são. Oya vai querer que você procure aventuras, Oxum lhe dirá para procurar estabilidade. Você terá que decidir qual caminho tomar e, porque ambas são duas deusas adoráveis, você pode escolher não apenas qual caminho seguir, mas também quem levar contigo.

– Estou completamente impressionada, nem sei o que dizer!

– Finalmente, há outra divindade para cuidar de você. Seu nome é Oxalá, o deus da paz. Ele é o mais sábio de todos os orixás, e o mais amoroso também, nosso maior pacificador, capaz de acalmar todos os corações sinceros. Seu destino, filha querida, te levará a uma vida excepcional e sua história terá que ser contada. Você nasceu tão longe daqui, mas uma vez tendo pisado em nossa terra, foi escolhida para ser amada pelos orixás. E você vai nos amar de volta, os filhos dos orixás, e lutar ao lado de nosso povo. Por que há violência entre os seres humanos? Por que as pessoas não conseguem ver a beleza de todas as tradições, todas as crenças? Aqui, na Terra, cada um pode falar a linguagem do coração. Mas, infelizmente, muitos não conseguem ouvir a poesia da Terra. No entanto, você pode. Não só você vai falar várias línguas ao longo da sua vida, você também será capaz de ouvir os significados ocultos e antigos de vidas imemoriais. Os seus netos também serão sábios, generosos e terão corações tão generosos quanto o seu...

Eu fiquei chocada. Queria memorizar cada palavra que ela dizia, agradecê-la por suas incríveis profecias, mas tudo o que perguntei foi:

– Meus netos? Por que não meus filhos?

– Porque é assim que acontece. Os ventos da sabedoria às vezes pulam uma geração. Mas você viverá o suficiente para ensinar as tradições a seus netos, especialmente a uma garota com cabelos tão lindos e vermelhos como os seus.

– Ah, por favor, me fala mais sobre o futuro!

– Primeiro, preciso contar mais sobre Oya, seu principal orixá. Ela é uma das mais belas divindades, famosa por sua coragem, seu amor pela liberdade e sua enorme força. Ela compreende os reinos animais e todas as moradas humanas. O mundo visível e invisível. Os mortos e os vivos. Enfrentamos adversidades criando nossos próprios espaços de acordo com nossos ideais de harmonia, amor e respeito pela natureza. Nós fundamos nossas aldeias, os quilombos, no coração das florestas. E é aqui que você está agora.

– Oya! Oxum! Oxalá! – saboreei os nomes ao pronunciá-los. Jamais esquecerei estes nomes musicais tão requintados! E esta aldeia é tão mágica!

– Conte a seus netos sobre nós. Você nunca deve esquecer este lugar, aqui é sua segunda casa. Nós já te amamos, Maureen, todos nós, porque você tem sido uma amiga de verdade de Abeje. Agora, posso ver que a sua neta será a nossa mensageira no futuro, aquela que vai contar ao mundo a sua vida, minha menina.

– O que haverá de tão especial na minha vida?

– Sua alma cavalga no vento. Uma alma sábia e antiga, uma filha da natureza.

– Que maravilha! O que mais eu vou encontrar?

– Amor.

– Sim, isso é verdade. Eu estou apaixonada.

– Eu sei.

A senhora juntou algumas conchas e levou-as para perto de seus lábios. Murmurou algumas palavras. Em seguida, ela jogou as conchas dentro de uma grande travessa de bambu.

Cada concha caiu sobre a travessa produzindo belos sons.

Eles pareciam formar um padrão. Ela os tocou, parecendo que os contava. Então ela me olhou intensamente, mais uma vez, com seu olhar hipnotizante.

– Na vida de todos existe uma decisão que a tudo muda. É aqui que você está agora. No cruzamento de dois jardins que se bifurcam. Eu não posso te dizer o que decidir ou como proceder. Se você quer saber, deve perguntar a Oya. Ouça sua voz tempestuosa, permita que a chuva da sua alma caia e encharque seus olhos para que, quando abri-los novamente, saiba exatamente o que fazer. Mas há algo que devo lhe dizer. Na sua vida, Maureen, nada será realmente perdido. E há um pouco mais: sempre respeite as fronteiras que separam a vida da morte.

– Por que a senhora está me dizendo isso?

– Porque você nunca poderá se esquecer que é uma filha de Oya, a rainha do vento. Se você algum dia sentir-se triste ou perdida, procure encontrar uma linda praia, o topo de uma montanha, tente atravessar as planícies num dia de vento e passar por ela de braços abertos, pedindo a Oya energia, sabedoria e proteção espiritual.

– Digo-lhe tudo isso também porque você deve falar sobre Oya para sua neta. Será preciso que ela saiba dessa proteção. Não posso dizer nada mais...

– Obrigado! Mas devo dizer que isso parece estar muito distante. Eu sequer me casei ainda...

– Mas vai.

– Vou ser feliz no casamento? Quer dizer, vou me casar bem?

– Sim e não...

– Como assim?

– Um caminho sempre leva ao outro. Tudo o que posso dizer é que haverá mais de uma escolha em sua vida. Agora vá, minha querida. Eu sempre rezarei por você. Você deu sua amizade à minha filha, Abeje. Todos nós te amamos por isso. Grata, minha graça, axé...

*Maureen*

Maureen ficou encantada com a beleza de Oxum. Ela se sentiu profundamente inspirada pelas histórias dessa divindade, ao mesmo tempo em que teve vontade de revisitar as próprias raízes. Assim, ela ofereceu de presente a Oxum uma coroa com o tradicional trançado celta. Seria o primeiro desenho a representar a Oxum afro-brasileira com um adorno céltico.

2019

# Encontro em Grafton Street
*Dublin, 2019*

Tive uma semana para me instalar antes do início das minhas aulas de escrita e literatura no Irish Writers' Centre. Connie me deu um mapa de Dublin e, apesar de eu normalmente usar aplicativos de localização, aceitei; na verdade, eu preferia navegar pela cidade dessa maneira. Encontrei uma adorável loja de canetas chamada Pen Corner na Dame Street e passei quase uma hora lá. O proprietário foi muito amigável e me contou a história de algumas das canetas e lápis. Por exemplo, Jack Kerouac escreveria quinhentas páginas de verso e prosa, de vento em popa. Ele costumava usar a Bic Cristal, uma caneta que é produzida até hoje. O lápis Blackwing era um dos favoritos de John Steinbeck. Comprei um caderninho Moleskine e prometi voltar em breve.

Quando entrei na Grafton Street, meu coração se emocionou com a variedade de gente talentosa tocando na rua. Eu nunca tinha visto tantos jovens músicos tocando para uma multidão que se reunia para assistir: dublinenses, estudantes, turistas, todo tipo de gente. Eu tinha ido já em blocos de carnaval nas ruas do Rio, tinha visto pessoas tocando samba em bares, mas era diferente. Eu podia andar pelo meio da rua e apreciar a música tradicional irlandesa sendo tocada em todos os lugares e com tanta facilidade, clássicos *pop*, *blues* americanos ou apenas improvisos com o violão.

Aprendi que esses artistas de rua são chamados de *buskers*, que talvez venha do italiano *buscare*, como "buscar" em português, sair à procura ou em busca de algo.

Depois decidi tomar um café e escrever no meu caderno novo. Arrumei uma ótima mesa perto da janela e uma senhora idosa sentou-se à minha frente, perguntando primeiro se o assento estava livre.

Então ouvi minha canção predileta ecoando na rua: "Grace", de Jim McCann.

Assim que cheguei do lado de fora para ver quem estava tocando "Grace" tão lindamente, eu o notei, cercado por uma multidão cantando com o refrão. Imediatamente, assim que ele me viu pela janela, sorriu e piscou. Olhei por cima do ombro para verificar se havia alguém que pudesse ter chamado a atenção dele.

Não. Era pra mim mesma; sentada na janela, com a melhor vista da Grafton Street. A senhora idosa sorriu e disse:

– Acho que você tem um admirador ali, certamente não foi pra mim que ele piscou!

Fiquei vermelha, terminei meu café e pedi licença para sair, mas antes peguei meu guardanapo e escrevi: "Obrigado por tocar minha música favorita". Assinei com meu nome completo, sem nada mais. Eu só queria expressar meu apreço e minha felicidade.

Ele pegou a nota, olhou para ela e disse:

– Obrigado, Brianna, sou Davey.

De volta pra casa, contei a Connie minhas aventuras, deixando de fora a história de Davey só por um momento. Ela disse que também era fã do Pen Corner:

– Está ali desde sempre, esqueça fazer compras pela internet, nada substitui uma boa e experiente equipe.

Naquela noite, quando eu estava mandando uma mensagem para minha mãe, um pedido de amizade chegou. Davey. Saquei imediatamente. Seu *status* dizia: solteiro. Foi uma grata surpresa. Dizia também:

"Sou músico, compositor e poeta... toco regularmente. Entre em contato se precisar de música para um *show* ou outro evento."

Pude ver que ele tinha seu próprio *site*, além de uma lista de eventos, muitos com ingressos esgotados. Eu estava animada e nervosa sobre os próximos passos a seguir.

Depois de ficar sentada por mais ou menos 1 hora, pesquisando um pouco sobre ele e ensaiando o que dizer que parecesse casual, enviei uma mensagem:

*Oi Davey, como vai? Estou ainda me acostumando a morar em Dublin. Adoraria ouvir minha música favorita de novo... Vi que você vai tocar no The Sugar Club semana que vem.*

Ele respondeu na hora, me convidando pra vê-lo tocar no dia seguinte num *pub* em Stoneybatter, na rua da casa da Connie.

Acabara de anoitecer e havia só três pessoas no *pub*. Nunca tinha sentido uma atmosfera tão acolhedora e íntima, o aconchego descontraído de uma grande sala de estar, painéis de madeira escura, fotografias antigas e já desgastadas de Dublin nos velhos tempos e uma grande lareira para sentar. Davey tocou "Grace" novamente, mas desta vez em sessão particular, já que ele conhecia Jack, o *barman* principal.

– Dedico esta a uma adorável brasileira ruiva e celta – disse ele a Jack, piscando com malícia.

Conversamos até o bar fechar. Perguntei a Davey por que ele escolheu cantar uma música tão antiquada, mesmo sendo tão bonita.

Ele disse que para ele era uma canção baseada na história de amor mais triste de todos os tempos. O casamento muito trágico de Grace Gifford. Ela se casou com seu noivo, o líder rebelde Joseph Plunkett, no famoso Kilmainham Gaol de Dublin. Sentei-me e ouvi enquanto ele contava a pungente história de Grace.

– Grace e Joseph só tiveram 20 minutos juntos. Foi logo após a cerimônia e sem a privacidade dos guardas – ele me disse.

Poucas horas após a cerimônia, Joseph Plunkett foi executado por um pelotão de fuzilamento por sua participação na Revolta da Páscoa de 1916 em Dublin. O Éirí Amach na Cásca é como chamamos o levante contra os britânicos pela independência da Irlanda.

Tossi num esforço de conter minhas lágrimas.

Depois, Davey me contou um sonho que tivera recentemente. No sonho, ele era o próprio Joseph Plunkett. Logo depois de visitar a Cadeia de Kilmainham, Grace estava chorando e implorando aos guardas que lhes dessem mais alguns minutos juntos. Ele disse que Grace não tinha rosto no sonho.

– Na verdade, acordei chorando – disse.

E naquele momento, estendi-lhe a mão... beijei seu rosto, e ele, por sua vez, limpou uma lágrima perdida na minha bochecha.

Conversamos por mais algumas horas, e só percebemos porque o *pub* começou a esvaziar, uma mar de gente que nem sequer notamos.

Davey me acompanhou pelos 3 minutos necessários para chegar à porta da casa de Connie, que já estava na cama.

Eu estava inquieta e não consegui dormir. E anotei no diário:

*Se "apaixonar-se" significa perder a direção, então quero esquecer tudo sobre mapas, guias e destinos... só quero me apaixonar...*

*Brianna*

"Eu só quero cair" foi pintada por Brianna; um autorretrato catártico no qual ela tentou transmitir a sensação de libertação e amor, limpar a alma de preocupações mundanas.

# Ovelhas negras
## *Rio Grande do Sul, 1960*

As linhas telefônicas eram bem precárias. Sempre caía a ligação. Toda vez que mamãe ligava para tia Marie, as duas ficavam aos berros, porque quase não dava para ouvir as vozes. Sérgio vinha até a fazenda duas vezes por semana.

Ele nunca avisava antes. Eu ia até a sala de jantar tomar café da manhã e lá estava ele, bem cedinho, comendo bolo, batendo papo com a titia. Ele sempre vinha acompanhado de peões e trabalhadores. Eles consertavam as cercas, cuidavam dos pastos, cavalos, gado bovino e caprino.

Sérgio só voltava para casa depois, sempre atrasado para o almoço. Ele vivia de bom humor e me dava presentes: um dia foi um chapéu de palha para proteger "minha pele tão delicada"; outro foi um perfume, de vez em quando ele me trazia romances. Ganhei dele um livro chamado *A Moreninha*, e ele realmente recomendou a leitura.

– Esse livro é de um autor clássico: Joaquim Manuel de Macedo. A personagem central me lembra você – disse ele.

Claro que fiquei curiosa. Li o livro rapidamente, embora tivesse que usar meu dicionário para conseguir seguir as longas descrições da literatura do século XIX.

Achei o enredo um pouco açucarado, mas era interessante ver a maneira como os descendentes portugueses das classes mais altas viviam em suas casas nas fazendas. Lá em Dublin li diversos romances de Jane Austen e gostava bastante deles, mas se eu tivesse que escolher qual era o meu livro preferido, eu diria que eram os de fantasmas. Então, dei ao Sérgio meu exemplar de O morro dos ventos uivantes, escrito por Emily Brontë.

– Que história mais trágica! – disse Sérgio quando terminou a leitura.

– Você não prefere finais felizes?

Ri da ingenuidade dele. Estávamos tomando limonada gelada nas poltronas de vime da varanda.

– Sérgio, será que você me vê como se eu fosse uma menina sonhadora, antiquada, do século XIX?

Ele sorriu e apertou os olhos ao fitar o pôr do sol. Foi a primeira vez em que ele demonstrou timidez desde que nos conhecemos.

– Você é única, especial. Nunca encontrei ninguém assim... – ele murmurou.

Tia Marie apareceu trazendo uma bandeja com chá gelado e bolo.

Sérgio continuou calado e, assim que terminou de comer o bolo, levantou-se, despediu-se rapidamente e saiu.

Dois dias depois, estacionou a caminhonete na entrada, perto do portão amarelo. Dessa vez ele não trouxe a turma de sempre, só o Toninho, o mais jovem dos peões, sentado no banco ao lado. Assim que me aproximei, vi seis ovelhas na caçamba.

Tia Marie ficou emocionada. As ovelhas a faziam se lembrar da Irlanda, ela disse a Sérgio.

Ele e Toninho foram tocando os animais até o pastinho, o terreno ao redor da casa, nisso, ele me entregou a ovelhinha negra mais linda que eu já vi na vida. Ela trazia um laço verde amarrado em torno do pescoço, com um sininho.

– Maureen – ele disse solenemente– essa ovelhinha é sua, o presente de um sujeito ovelha negra, espero que você aceite.

Imediatamente, lembrei de sua frustração por não ter feito faculdade de engenharia. Não resisti e lhe dei um abraço forte, acaricie seu cabelo negro e sedoso e lhe dei um beijo leve nos lábios.

Ele sorriu largamente logo após o abraço e um arrepio percorreu minha espinha. O olhar dele intenso quando o fixou em mim. Fui quase hipnotizada, dominada, e não tive certeza se gostava ou não daquilo.

Por um breve momento, eu me senti como se tivesse caído numa armadilha cuidadosamente calculada. Mas depois Sérgio me abraçou longamente e apagou de minha mente todas as inquietudes e desconfianças.

Dois dias depois, lá estava ele no café da manhã de novo:

– Tia Marie, quero convidar a Maureen para passar o dia na minha fazenda. A senhora me dá permissão para levá-la?

– Ah, não sei, não... temos tanta coisa a fazer por aqui – ela protestou, e senti que não aprovava minha ida à fazenda dele.

– Ah, por favor, titia. Além disso, a senhora não acha que a Maureen já tem idade suficiente para decidir sozinha? – ele disse a tia Marie com um jeito meio provocativo.

Disfarcei passando manteiga e geleia na minha torrada, sem saber direito o que fazer. Nisso, ele pôs a mão dele sobre a minha e perguntou:

– O que você acha, Maureen?

– Quero muito conhecer sua fazenda – disse eu impulsivamente.

– Então, meus queridos, só me resta pedir que tenham muito juízo... – disse tia Marie.

Sérgio saltou fora da cadeira, sem disfarçar a animação.

– Vamos embora agorinha! – depois já foi me dizendo. – Pegue o chapéu e vista seu *jeans*, hoje serei seu professor!

Tia Marie olhou para Sérgio com ainda mais cara de quem não estava gostando. Ela também levantou-se da mesa e o encarou:

– Sérgio, que história é essa de virar professor da Maureen? Quais são suas intenções?

Dando seu típico sorriso largo, Sérgio declarou:

– Hoje, Maureen vai aprender a andar a cavalo!

Sempre adorei atividade física, na verdade, não sou exatamente uma heroína típica de um romance da Jane Austen. Voltei para a sala já com meus *jeans* e chapéu de palha.

– Vamos nessa, Sérgio!

Quando caminhávamos em direção à caminhonete, Abeje veio correndo na minha direção. Ela me abraçou, os olhos marejados. Eu quis lhe perguntar o que estava acontecendo, mas só consegui dizer:

– Não se preocupe, volto para o jantar.

Minhas palavras não fizeram a menor diferença, ela me encarou com desespero, depois deu as costas e desapareceu pelo pomar.

– Abeje! Vem cá!

– Chega de perder tempo, Maureen – disse Sérgio, tomando minha mão – quero te mostrar muitas coisas hoje...

Lá fui eu, fazendo exatamente aquilo que Sérgio me pedia...

Subi na caminhonete, Toninho foi na caçamba. Sérgio sorriu levemente e deu partida. Finalmente, alcançamos a estrada rumo à fazenda dele. Eu estava animada e curiosa.

A estrada estava deslumbrante, atravessamos a ponte sobre o lago, meus olhos alcançaram a paisagem e reparei nos pássaros na copa das árvores. Uma brisa acolhedora entrou pelas janelas abertas e espalhou fios de cabelo sobre meu rosto. Sérgio entoou uma canção e, subitamente, meu pensamento se voltou para Abeje e seu olhar de espanto.

*Maureen*

1960

# O rapto
## Rio Grande do Sul, 1960

Viajamos durante 1h30 até finalmente cruzarmos o portão de entrada da fazendo de Sérgio.

Um peão montando um belo cavalo castanho veio galopando em direção ao carro. Ele acenava com o chapéu e gritava muito:

– A égua está brava! Ela ficou louca!

– Como assim? O que está acontecendo? – perguntou Sérgio pondo a cabeça fora da janela.

O homem foi galopando na frente e o seguimos com a caminhonete. O rosto de Sérgio ficou carregado de apreensão. Mantive silêncio enquanto passávamos diante de um belo casarão rumo aos estábulos. Ele estacionou rapidamente e saltou fora do veículo.

Eu o segui enquanto ele andava rapidamente em direção ao curral. Foi quando vi uma égua dourada, maravilhosa, escoiceando, empinando, tomada por uma espécie de loucura.

– Alguém tirou o potrinho dela! – disse Toninho.

Não conseguia entender o que estava acontecendo. Sérgio chutou o ar furioso e berrou:

– Vou matar esse sujeito, juro que mato!

Em seguida, ele saltou a cerca, entrou no curral e se aproximou da égua com cuidado. Mal acreditei na coragem dele. Sérgio ficou parado de pé, bem diante da égua ensandecida, em total silêncio, olhando fixamente para os olhos dela, como se quisesse hipnotizá-la.

A égua parou de empinar, deu algumas voltas, cada vez mais lentamente e finalmente se apaziguou. Sérgio esticou a mão e tocou seu focinho, depois ofereceu a palma da mão para que ela o farejasse.

Dourada se aproximou, ainda ofegante, mas dando a impressão de estar mais tranquila. Ela balançou sua linda cabeça e Sérgio acariciou seu dorso, pescoço e orelhas enquanto murmurava algo que a deixou bem mais tranquila. Finalmente, ele pediu a Toninho que trouxesse um balde de água. Assim que a égua começou a beber, ele saltou novamente a cerca e veio andando em minha direção.

– Desculpe, Maureen, mas você terá que ficar aqui na fazenda hoje à noite. Meu potro foi roubado, preciso descobrir para onde ele foi levado.

Sérgio então chamou Murilo, o peão que viera nos receber à entrada da fazenda. Ele parecia tão nervoso que achei melhor não ficar fazendo mais perguntas sobre o roubo. Quando voltamos para a entrada da casa, uma senhora de idade chegou e nos cumprimentou calorosa:

– Ah, minha querida Maureen, você é muito bem-vinda. Sérgio falou muito bem de você. Vamos tomar um cafezinho, comer uma fatia de bolo... Sou a Adelaide, cuido do Sérgio desde que ele era menino.

A casa era diferente de todas que eu já tinha visto. O aroma delicioso de café se espalhava, vindo do fogão à lenha até a sala. Reparei no bule enorme que ficava aquecido sobre a laje do fogão. Sempre adorei lareiras e imediatamente me senti em casa.

Mesas de madeira, sofás e poltronas eram cobertos por peles de ovelha. Almofadas e toalhinhas de crochê também faziam parte da decoração, o assoalho era coberto por tapetes artesanais.

O carinho de Adelaide por Sérgio era visível e se espalhava pela casa inteira. Reparei no par de botas engraxadas, cuidadosamente colocadas ao lado da porta de entrada e um chapéu pendurado no cabide de madeira.

Ela usava uma saia longa, com estampa floral e uma blusa branca de algodão debaixo de um coletinho marrom de crochê.

A casa de Sérgio seria um lar dos sonhos, não fosse pela cabeça empalhada de um boi, pregada numa moldura enorme pendurada na parede. Ela me dava arrepios, então sentei de costas para o boi. Enquanto colocava leite no meu café, Adelaide dizia:

– Sérgio deve estar aborrecido. Ele planejou sua vinda aqui com muito carinho. Ele disse que você iria passar alguns dias lindos conosco...

Fiz que sim com a cabeça, concordando:

– Eu sei, eu sei, é uma situação horrível... mas... a senhora sabe quem foi que roubou o potrinho?

Ela foi dizendo:

– Não me leve a mal, mas o seu Quintino, o pai do Sérgio, é um homem de valores tradicionais...

– Como assim?

– Para começar, ele acredita que os filhos devem ter uma educação muito severa. Filho não pode desobedecer, irritar ou aborrecer os pais, senão...

– Senão?

– Eles recebem punições severas.

– A senhora quer dizer que eles apanham?

Ela não me deu resposta.

– Não era para estar te contando essas coisas, minha querida. Sei muito bem o quanto Sérgio tem carinho por você. Não quero que você fique com uma impressão errada... No caso de acontecer alguma coisa hoje...

– Desculpe, Dona Adelaide, mas a senhora está me deixando nervosa... O que está acontecendo de verdade? Conte para mim...

– Quando era pequeno, Sérgio fugia da ira do pai. Ele corria bem rápido e, desde pequeno, já sabia lidar com cavalo como se fosse, ele mesmo, um potro. Ele fugia da casa, ia para os pastos, montava um cavalo a pelo e ficava sumido horas e horas. Depois de um tempo, a raiva do pai diminuía e ele ia atrás do filho.

Sempre o encontrava cavalgando e isso lhe despertava admiração.

No final, ele sempre acabava perdoando Sérgio pela desobediência.

– Nossa, mas tudo isso acaba sendo muito triste... – disse, pensando no que ela me contava.

Sérgio cresceu achando que cavalo nunca pode apanhar, ele ensinou aos peões dele um tipo diferente de doma. Aqui, o peão tem que ser paciente, gentil, criar amizade com o cavalo, sabe como é?

Relaxei, comovida com o amor que Sérgio tinha pelos cavalos. Mas ela seguiu dizendo:

– Bem, esse tal de Orlando era um peão que veio à fazenda para lidar com cavalos, mas ele era igualzinho o Seu Quintino, que sempre acreditou que cavalo bom é aquele que obedece completamente o dono.

– A senhora está dizendo que ele era bruto com os animais?

– Era sim, mas ele achava isso certo e natural. Um dia, ele bateu com o chicote na Dourada quando ela estava prenha... Sérgio ficou doido de raiva.. A braveza dele era pior do que a do pai. Ele arrancou o chicote da mão do Orlando e gritou que era para ele tomar do próprio veneno. Orlando tentou enfrentar o Sérgio naquele dia, mas ele não conseguiu e apanhou. O pior é que os peões ficavam rindo do Orlando e, quando ele saiu derrotado, deram muita risada, fizeram pouco caso dele.

– Orlando jurou vingança. Então, hoje, na hora do almoço, ele aproveitou a ausência do Sérgio, entrou no estábulo e roubou o potro.

– Você acha que o Sérgio vai recuperar o potrinho?

– Ah, vai sim... – disse ela e mudou de assunto.

– Venha para o seu quarto...

– Mas eu não trouxe roupa, nem minhas coisas. Achei que iríamos voltar pra casa hoje mesmo...

– É mesmo? Ah, não fique nervosa... se você olhar dentro do armário, encontrará vestidos, calças, botas... Sérgio anda comprando roupa para você já faz um tempinho...

Na manhã seguinte, despertei com Sérgio batendo na minha porta bem cedinho.

– Bom dia, minha linda! Dormiu bem?

Eu queria conversar com Sérgio sobre os problemas dele, sobre a égua e o potro sumido, sobre o relacionamento difícil e doloroso com o pai.

Mas ele parecia radiante e ficou dizendo o quanto queria que meu dia fosse feliz e especial. Caminhamos até estábulos e lá estavam a Dourada e o potrinho, juntos, em paz.

– Agora vou lhe apresentar meu melhor professor – disse Sérgio num tom formal.

Depois me conduziu até o curral e pediu que eu esperasse um pouco. Eu estava morta de curiosidade para conhecer um professor do Sérgio e fiquei achando que ele viria com um gaúcho mais idoso, um sábio, algo assim.

Não. Sérgio chegou com um cavalo negro, maravilhoso, com uma estrela branca na testa.

– Esse aqui é o Tornado. O melhor mestre que a vida me trouxe...

Ri muito, estendi a mão para acariciar o pescoço dele. Sérgio segurou minha mão no ar e disse:

– Ele precisa te farejar primeiro. É assim que cavalo e gente fazem amizade...

Ofereci a mão para que ele a cheirasse. Tornado não apenas a farejou, como também tocou com o focinho os meus cabelos. Adorei o gesto e ri muito.

– Está vendo só? Ele te adora. Agora, quero te ajudar...

Sérgio ergueu-me pela cintura e me colocou sobre Tornado.

– Você vai montar a pelo. Vai aprender da mesma forma que eu.

Em seguida, ele assobiou e outro belo cavalo saiu de dentro do estábulo. Talismã. Um cavalo manga-larga alazão. Ele era realmente deslumbrante.

– Você vai ouvir a respiração do Tornado e entrar no mesmo ritmo que ele. Repare no movimento das orelhas, elas são muito expressivas. Assim vocês vão se comunicando, ele pode sentir a pressão dos seus joelhos na barriga. Ele também pode farejar seus sentimentos. Se você sentir medo, ele sabe. Não o fustigue, não aperte os joelhos, seja gentil. Como se vocês dois se pertencessem.

Lá fomos nós, cruzando os campos, eu cavalgava Tornado e Sérgio, Talismã. Eu me sentia tão à vontade que quis galopar, mas Sérgio pediu que eu não fizesse isso.

– Tudo tem seu tempo. Por enquanto, aprecie a companhia desse novo amigo maravilhoso.

Sempre achei que cavalgar era correr em alta velocidade, ganhar corridas, mas percebi que Sérgio estava certo quanto ao Tornado. O cavalo se deslocava suave e rapidamente, cruzando o riacho, buscando as melhores trilhas no meio da mata, invisíveis aos meus olhos. Eu nunca vira o mundo dessa perspectiva. Concentrei-me profundamente na respiração para sincronizá-la com a de Tornado, sentindo seu afeto e força. Sérgio lançou um olhar em minha direção e sorriu, orgulhoso.

– Ele se apaixonou por você, Maureen. Mas ele não é o único...

Paramos perto de uma mangueira, diante de um lago enorme e tranquilo.

– Você já subiu em árvore, Maureen?

Como sempre, lá estava eu seguindo as palavras de Sérgio. Ele subiu até o topo, onde ficam as mangas mais doces. Eu só tinha que apoiar os pés nos galhos mais fortes. Aquilo parecia muito natural e divertido para mim.

Quando nos sentamos no alto da árvore, a olhar para os cavalos pastando em silêncio, lá embaixo, meu coração disparou. Será que Sérgio podia ouvi-lo? Perceber meus sentimentos? Será que eu sabia como ele se sentia? Sérgio sorriu brincalhão.

– Você reparou que está com a camiseta toda manchada de manga?

E se a gente descer até o lago para lavarmos nossas roupas? Se não fizermos isso agora, as manchas nunca mais sairão. Além disso, está fazendo tanto calor...

Tirei minha camiseta. Eu queria mostrar ao Sérgio o quanto eu era audaciosa. Desci da árvore e mergulhei nas águas do lago. Eu sabia que ele iria me seguir.

*Maureen*

# 2019

# A casa de Davey
*Smithfield, Dublin, 2019*

Para minha grande surpresa, a casa de Davey ficava bem pertinho da Connie. 12 minutos a pé.

Era um sobrado de dois andares, quase na esquina da Praça Father Matthew, em Smithfield.

A campainha não estava funcionando, então bati à porta com força, depois fui espiar pela janela. Finalmente, cheguei a hora no celular. Será que eu tinha chegado muito cedo?

De repente, a porta se abriu. Davey sorriu e me cumprimentou, enquanto secava as mãos numa toalha de cozinha.

– Desculpe, puxa! Você ficou esperando muito tempo? Essa campainha não está funcionando direito, preciso dar um jeito de trocá-la.

– Imagine, está tudo bem, acabei de chegar – eu menti.

– Desculpe mesmo, eu até te mandei uma mensagem que era pra você bater na porta com força!

– Não se preocupe, já cheguei.

Davey dava a impressão de estar nervoso e feliz ao mesmo tempo.

– Desculpe a bagunça, não é só culpa minha, não...

Fui apresentada a Colette, a tatuadora, e Colm, que trabalha na ONG de resgate de cães.

Verdade que a sala era meio desarrumada, mas nada demais. Achei normal numa casa de gente de 20 anos.

Colette tinha um quarto, mas Davey e Colm dividiam uma sala ampla, separada por um enorme biombo.

Vi uma grande coleção de discos de vinil, algumas guitarras e uma TV antiga, que ainda parecia estar funcionando. A cozinha estava limpa e organizada, achei que Davey tinha organizado tudo para a minha vinda. Ele veio e me ofereceu chá com biscoitos.

– Tem bolo também – disse ele – e posso te preparar o famoso sanduíche de cebola dublinense! Você quer provar?

Recusei, dando risada.

– Cebola agora? Melhor não...

Davey inclinou-se para me dar um beijo e, quase na mesma hora, os amigos dele foram saindo da sala. Ele me abraçou e riu também assim que eles sumiram.

– Isso é que é amigo de verdade – disse ele.

– Será que eles voltam logo? – perguntei.

– Não... eles sabem que precisamos de um pouco de espaço, nós dois.

Fiquei surpresa ao perceber que parecia haver acordos tácitos, regras não ditas entre eles.

Senti-me à vontade, em paz, um longo silêncio prazeroso se estendeu pela tarde afora. Adormecemos e, quando despertamos, eu me sentia tranquila, entre mundos, por assim dizer.

– Davey, você toca uma canção? Ou melhor, toca o que você quiser agora...

Quando pegou o violão, Davey pareceu deslocar-se para um universo só dele, do qual eu queria muito participar, então comecei a cantarolar acompanhando a melodia. Ele sorria feliz e relaxado.

– Eu adorava cantar com a Nana – disse-lhe – mas nunca me senti totalmente à vontade com meus pais.

Davey colocou o violão sobre a cama.

– Meus pais são legais. Eles tinham mania de viajar. A irmã de minha mãe, tia Kathy, atravessou toda a Europa. Ela até chegou a morar em Bagdá por um tempo, uma verdadeira *hippie*. Meu pais se conheceram em Nova York, na década de 1980. Ah, eles têm muita história para contar!

– Eles se casaram por lá?

– Não, eles se casaram aqui, em Dublin. Tinham planejado voltar para Nova York, mas minha avó ficou muito deprimida quando meu avô faleceu. A essa altura, tia Kathy estava morando em Berlim.

Fiz que sim com a cabeça e esperei que ele continuasse.

– Meu pai é totalmente diferente de mim. Ele trabalha na Bolsa de Valores. Ele se formou no Instituto de Finanças de Nova York, até ganhou uma bolsa de estudos para fazer especialização. Resultado: ele não aprova meu estilo de vida. Sou bem mais parecido com a tia Kathy e com a mamãe. Nunca vou fincar raízes de verdade, eu adoro a estrada, tem tanta coisa pra ver na vida...

Senti uma insegurança galopante...

– Quer dizer que um dia vamos nos separar?

– Como é que eu vou saber? Ninguém sabe do futuro, não é verdade?

Peguei o violão e cantei uma canção do Caetano:

– *Eu quero ir embora, eu quero dar o fora... e quero que você venha comigo...*

Davey riu muito quando traduzi os versos para o inglês e me beijou de novo. Rimos juntos, fizemos guerra de travesseiro, nisso, senti cheiro de batata frita no ar.

– Vocês não estão com fome? – disseram Colm e Colette entrando com pacotes de comida.

Fomos para a mesa de jantar, ajudei a pôr a mesa, eu me sentia tão em casa que não tive vontade nenhuma de pegar a estrada e cair na vida, ao menos não naquele momento. Sorri para Davey e disse:

– Nana gostava de um provérbio africano que dizia assim: o fundo do mar não tem fim, assim como o coração das pessoas verdadeiras...

*Brianna*

# A dança de Oya
## Rio Grande do Sul, 1960

– Você está pronta para viver uma experiência mágica?

Tia Marie entrou no meu quarto, vestida da cabeça aos pés num vermelho radiante. Parecia muito animada e jovem. Nunca a tinha visto assim. Abrindo as cortinas pesadas, ela disse:

– Acorde, querida, eu tenho uma surpresa para você, e é a cor VERMELHA!

– Onde está Abeje? É tão cedo! O café da manhã está pronto?

– Ela voltou pra casa, no quilombo, a festa deles já começou...

Tia Marie me mostrou um longo vestido de seda vermelho, exatamente do meu tamanho...

– Onde você conseguiu isso? – perguntei. – É lindo, oh meu Deus!

– Foi feito pela mãe de Abeje, especialmente para você.

Tomei café da manhã, depois um banho quente e perfumado e coloquei meu vestido vermelho. Assim que entrei na sala, tia Marie sorriu e disse:

– Eu aposto que você nunca esquecerá essa festa! Vamos lá.

Tia Marie dirigiu o jipe pelas estradas vizinhas. O vento matinal era incrivelmente refrescante. Ela continuou conversando:

– Esta é a festa de celebração da Oya. Disseram-me que você aprendeu um pouco sobre a deusa da natureza. Abeje me contou sobre sua viagem para a casa da mãe dela.

– Ah, era para ser um segredo.

– Igual seu caso de amor com Sérgio? Abeje também me disse isso.

– Não deveria haver segredos entre nós, mulheres...

– Ele falou mesmo com você sobre mim?

– Ah, sim.

– O que exatamente ele disse?

– Nada que eu já não soubesse. Então, ele te levou para o rio...

– Eu senti minha garganta secar e meu coração bater debaixo da blusa.

– Sim, fomos cavalgando até a margem do rio, tia Marie... foi lindo lá...

– Você não tem que me dizer, querida, mas eu aposto que você nadou no rio e ele provavelmente te beijou...

– Sim.

– E foi só um beijo?

– Sim, não, bem, não exatamente...

– Oh, Deus, e foi sua primeira vez?

– Sim, mas por que você está me interrogando? Eu não fiz nada de errado.

– Você tomou os devidos cuidados, querida?

– O que exatamente você quer dizer com cuidados? Meu rosto ficou vermelho de raiva e vergonha.

– Olha, querida, eu sei que ele é seu primeiro namorado, mas também sei como Sérgio é imprudente. Ele quer o que quer... não importa como...

– Ele disse que eu podia confiar nele... aconteça o que acontecer...

– Então, você fez amor no rio...

Fiquei surpresa com sua franqueza. Eu não me abriria assim nem com minha mãe. Eu parei para compreender suas palavras. Elas vinham cheias de amor e preocupação, eu sabia disso, então decidi ser honesta.

– Bem, nós estávamos nos beijando antes, no pomar. Sérgio me ensinou a escalar as mangueiras e a colher as frutas direto dos galhos. Nós nos divertimos, descascando as mangas com os dentes, ficamos encharcados com o suco.

– Então tiraram as roupas pra secar no sol...

– É, foi assim que começou...

– Eu deveria ter te avisado...

– Por quê? Eu pensei que ele era como um filho para você!

– Sérgio é o único garoto de uma família de seis garotas. Então ele realmente sabe como lidar com mulheres, sabe o que as encanta e como manipulá-las. Ele se dá muito bem com as irmãs...

– Isso é verdade. Ele é encantador, eu adoro estar com ele... na verdade, acho que estou apaixonada. Eu sei que estou.

– Aposto que ele já pediu para você casar com ele, certo?

– Sim, ele pediu. Mas acho que ele estava brincando!

– Não... ele não estava... você é a presa dele... ele vai tentar te seduzir de qualquer jeito... Eu notei a atração dele por você desde nosso primeiro jantar...

– Sua presa? Eu não entendo...

– O Sérgio foi pessimamente educado, Maureen. Seus pais lhe davam praticamente tudo o que ele quisesse, ao mesmo tempo, havia exigências severas, no sentido de não lhe permitir muita autonomia. Ele não suporta a decepção, por mais insignificante que seja. O pai dele é muito conservador, sua visão de vida é estreita e restrita.

– Como o quê?

– Bem, eu odeio dizer, mas opiniões horrorosas sobre pessoas de outra cor e de outras religiões, mas não apenas isso, ele odeia as florestas e quer mais que elas se acabem.

Permaneci em silêncio enquanto percorríamos uma estrada ao longo da floresta tropical. Eu podia ouvir macacos gritando e um bando de pássaros tropicais cantando. Flores em plena floração, sombras salpicadas e brilhantes, o vento parecia falar à minha alma. Eu não conseguia acreditar nas palavras da tia Marie. Ela se concentrou na estrada à frente enquanto continuava a falar.

Quando chegamos aqui, seu tio Paddy e eu, Sérgio e sua família estavam em guerra com os pais de Abeje. O pai de Sérgio queria que eles partissem de sua aldeia para que ele pudesse cortar as árvores e abrir espaço para o gado. Queria a terra deles por causa do rio que passa por ela. Mas Paddy não permitiria isso. Metade das terras estão localizadas em nossa fazenda, não havia nada que ele pudesse fazer. Então, como lhe disse, Paddy e eu fizemos um acordo com a comunidade de Abeje. Por isso, agora as terras são legalmente deles. Mesmo assim, a família de Sérgio tem tentado minar nosso acordo com os quilombos.

– Mas, ainda assim, pensei que você e Sérgio fossem amigos íntimos... – insisti.

– Quando alguém vive em um ambiente tão distante e isolado como este, entre os Pampas, os vizinhos precisam ser amigos. Eu chamo essas amizades de "laços de sobrevivência".

Eu estava exausta e confusa com toda essa nova informação.

– Bem, querida, tratemos mais tarde do "caso Sérgio". Ele podia ter sido mais sensato... sabendo como você é jovem e inexperiente... que falta de noção!

– Ótimo – protestei – agora me sinto como Eva depois da maçã... vou ser expulsa do seu Éden?

– Falando sério, Brianna, digo isso por precaução, não há necessidade de ironia.

– Sabe, tia Marie, eu consigo me controlar... eu não sou tão inocente assim...

Um silêncio pesado pairou. Eu queria contar pra ela que já tinha beijado outros meninos antes, em Dublin. Que eu não era tão ingênua quanto ela supunha, mesmo que eu nunca tivesse tido um namorado mesmo. Sim, claro, eu estava bem ciente do que aconteceria quando mergulhasse no lago com Sérgio, mas, pra ser sincera, não me importei. Eu só queria estar com ele, nada poderia ter me impedido...

– Só queria que você esperasse um pouco, só isso... – disse tia Marie.

– Agora você está nas mãos dele...

Quando entramos na vila, Abeje veio correndo para nos cumprimentar. Ela estava mais bonita do que nunca, usando um vestido longo e vermelho, como nós. Sua mãe a seguiu, ela usava uma máscara de contas vermelhas e vários colares e pulseiras finas. Eu podia ouvir a batida da bateria... tão contagiosa. Meu corpo mudou-se para os sons com uma vontade própria e fluida. Esses sons me tocaram de uma vez só, imediatamente, e eram as músicas que eu aprendi com Abeje.

– Vamos – ela me convenceu... vamos dançar aos ventos de Oya... Entrei para o grupo, dançando confiante ao lado dos bateristas. Tia Marie foi convidada a sentar-se em uma grande cadeira de bambu requintadamente trabalhada. Várias garotas bonitas giravam, todas usando máscaras de missangas coloridas. Meninos dançavam, com os olhos fechados, era alucinante. Eles realmente sabiam como se mover... dançando e balançando um pro outro, sem perder a ginga.

– Eparrey! Oya!

Eu sabia que eles estavam saudando Oya. Eu me virei para ver os bateristas, mas me senti tonta, meu corpo continuou dançando, minha mente parecia ficar em branco. Lentamente, eu estava de acordo com a música, eu era o vento, eu estava andando de búfalo, era levada a lugares desconhecidos, os olhos fechados rodopiavam em meio a um tornado!

De repente, senti um calor repentino em volta da minha cintura... mãos... e ainda com os olhos fechados, senti que eram fortes, grandes, confiáveis. Mãos que me fizeram sentir sem medo e segura.

– Cuidado, amor! Oya está te pondo em transe.

Virei o olhar e encontrei seus olhos verde-escuros pela primeira vez. Demorou alguns segundos para perceber que eu estava sendo conduzida em direção ao lugar da tia Marie por um jovem alto, de barba ruiva. Ele me abraçou forte e sorriu conscientemente.

– Oh, sinto muito! – eu disse.

Sentei-me na cadeira da tia Marie e ela disse em irlandês "go raibh maith agat Brian", agradecendo-o.

– "Tá failte romhat", Marie – respondeu, dizendo "De nada" em irlandês, rindo e fazendo troça. Ele sentou a meu lado.

– Acho que Oya te ama – disse ele, acrescentando – você deve ser Maureen, certo?

Fiz que sim com um sorriso, desesperada para achar algo melhor a dizer. A timidez te pega nos piores momentos da vida.

– Ogunhê!

De repente, a batida, as músicas e os movimentos da dança ficaram muito mais rápidos e nítidos.

Agora estão cumprimentando meu Orixá – disse Brian. Ogunhê?

– Sim. Ogunhê significa "Salve Ogum". Ele é o guerreiro pacífico, lutando o bom combate junto a Oxalá, o deus da paz, seu melhor amigo.

– Isso é tudo tão bonito – eu disse – tão hipnotizante...

– É hipnotizante mesmo... eu sei que isso pode parecer um pouco estranho para uma garota irlandesa, mas é dançando que esses deuses da natureza gostam de ser adorados.

Já estava me abrindo um pouco, depois do meu constrangimento inicial...

– Entendo, realmente inspirador... então você é o Brian?

– Sim, minha família veio da Irlanda, igual você...

– Eu não conseguia tirar os olhos dele e, no entanto, por razões óbvias, senti que deveria desviar meu olhar. A batida mudou novamente e o círculo deu as boas-vindas a uma dançarina alta e esbelta, com longas tranças, usando a máscara vermelha de Oya. Eu bati palmas no ritmo, como todo mundo. Foi uma experiência avassaladora!

– Isso é incrível... – falei.

– Ayo dança para Oya.

– Sim... é a irmã da Abeje... lindo nome...

– Sim, Ayo significa "felicidade"... cada detalhe tem um significado no círculo mágico – ele explicou – então não é de admirar que Ayo tenha vindo dançar quando estávamos sentados um ao lado do outro. A felicidade trouxe a nossa reunião, e com as bênçãos de Oya, percebeu?

Fiquei sem palavras...

– Você e eu provavelmente estamos fadados a andar juntos... – ele disse piscando, rindo, um pouco timidamente.

– Ah, vá! De verdade? – disse eu, tentando soar irônica.

– Verdade verdadeira, se os deuses já concordam, é certo que seremos felizes juntos, para que discutir com o destino?

Puxei-o cheia de charme e, com um risinho, disse:

– Quem discorda de deuses e do destino?

Abeje cruzou a roda indo ao encontro de Ayo. Brian seguiu falando.

– Ayo é uma guerreira. A lutadora mais forte que já vi, filha de Oya, montadora de búfalos, igual você, Maureen.

– Você é um mistério, Brian... estou perdendo algo?

– Você não está perdendo nada, Maureen. Desde que isso a faça feliz. Esta terra, o quilombo, é tudo puro sentimento.

As palavras de Brian soaram serenas. Amei como ele pronunciou meu nome. Havia tanto o que aprender nesse novo ambiente, me senti aliviada por não ter de compreender tudo de uma vez só. Era como se os pensamentos, toda preocupação e cada exaspero, cada minuto solitário, cronometrado, em minha breve vida derretesse na terra e como se logo após novas flores florescerem. Esta é minha descrição mais fiel.

Sérgio era desejo de menina, e claro que seus olhos negros me faziam perder até o sexto sentido! Mas esse encontro com Brian foi como uma junção de mentes aliado a uma atração física profunda. Levantei, estendendo a mão a ele:

– Dança comigo Brian, viajante do vento, calmo e quieto guerreiro irlandês?

*Maureen*

# Ao vivo
## *Dublin, 2019*

– Live and Dangerous ao vivo e em risco?

Sentei na cama, ouvindo minha música favorita do Thin Lizzy, tocada pelo cara que eu estava amando. O que podia ser melhor? Cantava enquanto Davey dedilhava o violão.

– Você deve ler mentes, Davey!

– Ah, só pensei em tocar um bom *rock* irlandês, só isso. Eu ri, nos beijamos e Davey cantou.

– Minha Nana Maureen adoraria conhecê-lo!

– Sua avó? O que é isso? Pareço tão velho assim?

– Não – disse, rindo – Nana é a alma mais jovem do mundo!

– Jovem de coração, hein?

– Exatamente...

– Foi ela quem te apresentou a Thin Lizzy...

– Siiiim... se liga, meus avós tinham um *pub* em São Paulo, no Brasil. Um dos primeiros bares da cidade, na verdade. Chamava-se The Freedom Corner (A Esquina da Liberdade). Tinha música ao vivo toda noite, gente de todo tipo ia ao microfone aberto. Obviamente, as principais atrações eram bandas que tocavam *covers* de Rory Gallagher, Thin Lizzy e a boa e velha música tradicional irlandesa.

– Uau, devia ser incrível, hein! Convida sua Nana para ver minha banda na rua!
– Ela está no Brasil agora.
– E seu vô?
– Infelizmente, meu avô faleceu quando ainda era muito jovem.
– Estou curioso... como seus avós foram parar no Brasil?
– Eles nasceram na Irlanda?
– Minha avó nasceu em Dublin... mas meu avô nasceu na Argentina. A família dele era irlandesa. Era um lugar tão distante ao sul que se chamava "terra do fim do mundo"...
– Pô, que pena que ele se foi.
– Sim, total, vovô era um ativista dos direitos humanos, um verdadeiro guerreiro, um viajante do vento...
– Wind Rider, viajante do vento... esse poderia ser o nome de uma música... eu curto...
– Por que você não escreve?

Assim que eu disse isso, o vento soprou pelas janelas abertas e meu cabelo voou pelo meu rosto. Davey começou a rir...
– Acho que o vento está querendo dizer algo...
– Pensei que você não acreditasse no sobrenatural...
– Acredito no natural, na natureza... não há super... embora nunca feche a porta para os segredos da percepção... vamos trabalhar juntos... você escreve a letra e eu componho a melodia!
– Sim! Seremos muito, muito bem-sucedidos – disse extravagantemente – as pessoas vão nos adorar!
– Não, eu não sou tão ligado nesse negócio de fama, milhões de seguidores no Instagram... e toda essa bobajada. Eu gosto de seguir meu coração, a poesia, a natureza, a beleza... você... eu gosto de você, Brianna...

Meu coração literalmente dançou.

– Agora você me deixou tímida – eu ri. Nós rimos e rolamos de volta na cama.

Davey olhou para o meu rosto, beijou-me lentamente e disse:

– Estou voando...

*Brianna*

1960

# O Jardim das Verdades
*Rio Grande do Sul, 1960*

Na manhã seguinte, eu acordei, meu corpo doía de tanta dança. Dormir demais muitas vezes me dava náusea. Estiquei meu corpo, mas ainda não conseguia tirá-lo da cama. Abeje entrou.

– Vamos dar uma volta. A chuva acabou de parar, está um lindo dia! Posso abrir as cortinas?

Ela foi em frente e abriu de qualquer maneira. Coloquei as mãos sobre os olhos para protegê-los. Abeje riu.

Ela esperou que eu lavasse meu rosto e chegou na sala de jantar rindo.

– Onde está a tia Marie? – perguntei quando nos sentamos diante de uma grande mesa de café da manhã.

– Ela foi para a cidade, só volta à noite. Ela tinha de fazer umas coisas, ir ao banco, encontrar-se com os contadores, coisas do tipo – disse Abeje, pegando uma rodela de abacaxi.

– Ainda não estive na cidade, só passei pela rua principal quando chegamos. Havia uma igreja adorável no caminho e uma praça cheia de árvores. Também me lembro de ver uma confeitaria. Por que não vamos à cidade em breve?

– Sim, devemos mesmo. Todo mundo está falando sobre você agora, sabia?

- Por quê? - eu ri - o que há de tão especial em mim?

- Bem... ouvi dizer que algumas meninas ficaram bastante chateadas com a sua chegada... - Abeje brincou.

- Você jura? Que coisa esquisita...

- Bem, sabe o que é, Sérgio costumava namorar algumas garotas na cidade...

- Algumas?

- Para falar a verdade, ele namorou muitas garotas - ela riu - mas largou todas. Ele é o solteiro mais cobiçado da cidade, digamos. Rico, bonito, poderoso, alma indomável... toda garota quer se casar com ele...

- E aí? O que é que isso tem a ver comigo? - eu perguntei.

- Ele já disse a algumas pessoas que quer te pedir em casamento... você diria que sim?

- Você está de brincadeira...?

- Eu sabia! - disse Abeje, levantando-se para pegar a louça da pia. Fiz a mesma coisa.

- O que você quer dizer com isso? - perguntei a ela.

- Não sei... apenas te olhando, observando você e Brian dançando juntos...

- Hum... Brian, me conta mais dela - pedi a ela.

- Brian também é de uma família bem rica. Eles são fazendeiros na Argentina, uma segunda geração de irlandeses. Foi para Buenos Aires se formar em Direito, mas, de repente, desistiu, comprou uma moto e pegou a estrada. Somos muito gratos por ele ter vindo para cá...

- Por quê?

- Você deve pedir que ele conte sobre sua chegada ao quilombo. Nenhum de nós jamais esquecerá aquele dia. Mas realmente acho que você deve pedir ao Brian que conte sobre isso da perspectiva dele.

- Bem... você sabe alguma coisa?

– Tudo o que posso dizer é que ele veio para cá e ficou. Ele mora na vila há vários meses. Diz que está aprendendo muito e nos chama de "seu clã". Além disso, nós o amamos, ele nos ajudou com alguns documentos legais complexos sobre nossa terra, as vendas de comida e também ensinou as crianças da vila a ler e escrever. Ele adora aprender sobre nossos deuses, mas também nos contou lindas histórias sobre a Irlanda antiga. Ele é um líder natural, gentil e generoso, eu realmente o respeito!

– Ah, desculpe, Abeje, você deve pensar que estou tentando roubá-lo... imagino que ele seja seu namorado?

Ela riu alto e fiquei aliviada ao ver sua alegria tonta.

– Claro que não! Eu tenho um namorado. Estamos juntos desde que éramos crianças. Nós já nos casamos, de certa forma. Você o encontrará, o nome dele é Akan. Ele estava na festa, mas você só tinha olhos para Brian...

Ela estava certa. Como alguns momentos de dança com Brian continuaram tocando em minha mente? Será que devia sentir vergonha? Será que eu estava sendo fútil, superficial?

Depois de fazer amor com Sérgio, tive certeza de que estava apaixonada. Agora, tudo em que eu conseguia pensar era em como poderia encontrar Brian novamente "por acaso".

Abeje olhou para mim do mesmo modo terno que sua mãe fazia. Sabia que ela estava lendo meu coração. Eu esperava que ela me perguntasse, mas, em vez disso, ela caminhou em direção à porta e me pediu que a seguisse.

– Vamos sentir o cheiro da verdade! – ela exclamou.

Pegamos o caminho para o pomar e as laranjeiras tinham o cheiro do paraíso.

– Desta vez, sem subir em árvores – disse Abeje, pouco antes de seguir uma trilha estreita que dava em um grande portão.

– Você está pronta?

– Mais mágica? – e ri...

Subimos o portão para uma plantação de lavanda e inalei o aroma doce com uma respiração profunda. As flores polvilhavam pureza por todo o meu corpo. Inclinei-me e toquei-as.Enquanto acariciava a névoa roxa, meus olhos se fecharam quase espontaneamente. Eu sabia que estava no limiar de um dilema muito difícil. Lágrimas seguiram essa terrível revelação.

– Sou uma pessoa tão má assim? Como eu poderia amar Sérgio e ao mesmo tempo me sentir tão profundamente atraída por Brian?

Abeje acariciou meu cabelo.

– Você ainda é um pouco ingênua, querida, não conhece direito nenhum deles. Com o passar do tempo, você será capaz de olhar dentro do seu coração e tomar a decisão certa. Agora, você deve aproveitar a simplicidade dessas flores. Oxum falou comigo, você está sob a proteção dela. A alfazema pertence ao seu reino. Minha mãe me disse que todos os deuses se apaixonaram por Oxum em um ponto da eternidade. Cada um deles queria estar com ela. Então, como ela é sua guardiã, você herdou seus modos encantadores...

Eu me sentia já mais relaxada agora, e até rimos um pouco.

– Abeje, estou curiosa... com qual deus Oxum escolheu se casar?

Abeje levantou-se da grama, tirando as folhas da saia longa e amarela, me ajudou a levantar, rindo:

– Oxum casou com todos eles... um depois do outro...

– Caramba, certamente não foi assim que sonhei minha vida... vamos atravessar o jardim até o riacho. Vai ser refrescante...

Abeje nunca dava explicações lógicas e completas. Ela também não tinha paciência para me contar uma história completa do começo ao fim. Eu tive que tentar encaixar as peças desse quebra-cabeça mítico.

Quando nos sentamos à beira do rio, ficamos jogando água doce uma na outra e rimos feito crianças.

Os pássaros voavam baixo sobre nossas cabeças. Uma ave pequena mergulhou na água e saiu com as penas molhadas, brilhando contra o céu azul. Sorri para Abeje, mas fiquei sem palavras. Ela também ficou em silêncio e depois de um tempo disse:

– Hora do jantar... vamos para casa... – Nisso, tive uma ideia:

– Você acha que eu podia ajudar o Brian a dar aula para as crianças?

– Sim, claro! – disse ela. – Leve seu material de pintura, as crianças vão adorar os pincéis, os papéis coloridos. Você vai ver como eles sentem as cores! Eles são maravilhosos e vão adorar trabalhar com você!

Então, no lugar de me acompanhar de volta para casa, ela saiu correndo no meio das árvores e fiquei alí, parada, ouvindo o eco de sua voz:

– Vou contar para os meninos. As crianças vão te amar!

No dia seguinte, bem cedinho, lá fui eu, acompanhando os passos de Abeje rumo ao quilombo. Meu coração disparava, eu queria me encontrar com o Brian de novo. Assim que nos aproximamos das casas, vi um bando de crianças brincando perto das árvores, mulheres batendo papo tranquilamente, cestas de roupa nas cabeças, caminhando em direção ao rio, algumas senhoras sentadas diante das casas, conversando e cantarolando enquanto bordavam. Eu me senti em paz. Não que eu não ficasse tranquila na casa da titia, mas é como se eu percebesse outro nível de paz. Não consigo explicar direito. A sensação era de acolhimento e carinho. Mesmo que ninguém tenha me dirigido a palavra, percebi os sorrisos de boas-vindas.

Foi quando vi Brian.

Eu tinha imaginado que ele dava aulas dentro de uma classe escolar. Eu até sonhei com ele na frente dos alunos enfileirados, diante da lousa. Mas não, lá estava ele, sentado no tronco de uma árvore, morrendo de dar risada por causa de uma piada contada por um garotinho.

Verdade, ele estava cercado por um bando de crianças, mas também havia muitos cães, aves e idosos reunidos com ele à sombra das árvores.

– Pensei que você fosse o professor das crianças! – eu disse, em tom de brincadeira, quando ele veio me cumprimentar, o rosto todo sorridente ao me responder:

– Você está mesmo tendo a ilusão de que é capaz de ensinar pintura e desenho a esses meninos?

– É minha intenção, quer dizer, pelo menos agora, enquanto estou aqui...

– É você quem vai aprender, fica só vendo o quanto eles vão lhe ensinar, Maureen – ele replicou, com o mesmo sorriso irreverente.

Aka, o namorado de Abeje, chegou à clareira carregando uma longa e pesada mesa de madeira. Coloquei minhas tintas, pincéis e lápis sobre ela, os papéis coloridos, mas, antes mesmo que eu dissesse uma só palavra, Brian foi distribuindo o material. Imediatamente, as crianças começaram a desenhar e pintar.

– Você tem toda razão! – disse eu, enquanto eles iam desenhando padrões coloridos, abstratos, em um piscar de olhos.

Era tão bonito de ver as carinhas compenetradas daqueles pequenos artistas, as mãos pequeninas ocupadas com os *crayons* e lápis de cor, os olhos sérios, fixos, a atenção plena no que estavam fazendo!

Adesia aproximou-se e começou a cantar uma melodia linda, que as crianças acompanhavam facilmente, pois pareciam conhecer bem a canção. Uma jovem veio me oferecer um copo de laranjada e lá fiquei eu, sentada, totalmente tranquila, ao lado de Brian, enquanto desfrutávamos dessa combinação de música, arte e magia.

Reparei que, vira e mexe, Brian levava a mão a um pequeno penduricalho que pendia de um colar de couro que ele trazia no pescoço. Os olhos dele se esvaziavam sempre que ele fazia esse gesto. Procurei palavras para lhe perguntar o que seria aquilo, mas ele percebeu rapidamente minha curiosidade e contou:

– Tive um irmão gêmeo, sabe. Ele faleceu quando eu só tinha 4 anos de idade. Foi muito triste, uma tragédia mesmo.

Respirei fundo e me calei à escuta. Brian seguiu dizendo:

– Devo ter passado quase toda a vida sentindo falta da presença dele, com uma sensação de vazio intensa e bizarra. Meus pais não sabiam direito o que fazer comigo, pois foram dilacerados por essa perda... todas as fotos da primeira infância, em que meu irmão e eu estávamos juntos, foram trancadas a sete chaves. Tive que evitar falar dele, porque a mamãe não aguentava tocar nesse assunto. Convivi com a depressão dela diariamente. Éramos gêmeos idênticos. Muitas vezes, ela se afastava de mim só para se trancar no quarto e chorar sozinha.

Quando ele estava terminando de me contar essas coisas, Adesia chegou perto de nós. Ela tocou o ombro de Brian e me deu a impressão de sussurrar algo para "alguém" que eu não conseguia ver ou ouvir. Esse gesto, tão estranho para mim, pareceu natural a Brian.

Ele me explicou:

– Quando Adesia leu meus búzios, ela me aconselhou a fazer um pequena escultura de madeira, quer dizer, algum tipo de representação do meu irmão. Uma lembrança que tam-

As crianças deram vários desenhos a Maureen e Brian durante a oficina no quilombo. Maureen conservou os desenhos durante toda a vida.

bém fosse um símbolo da presença dele. Ela me contou que meu irmão também sentia minha falta no outro mundo. Por isso, eu precisava imaginar que ele estava perto de mim, senão eu poderia ser atraído para o outro lado da vida antes da minha hora. Então eu esculpi isso aqui...

Era uma estatueta de madeira, pintada de verde, representando um menino.

– Como se chamava seu irmão? – indaguei.

– Vicent James, mas nós o chamávamos de Vinnie ou então caçulinha, porque eu nasci alguns minutos antes que ele.

Não resisti e toquei o colar, depois, minhas mãos passaram para a nuca, as orelhas, os cabelos dele. Nisso, avistamos tia Marie chegando com uma cesta repleta de brinquedos. As crianças saíram todas correndo, gritando de felicidade. Eu me senti envergonhada. Não conseguia encará-la. Mas, depois de distribuir os brinquedos, ela veio na minha direção e me abraçou longamente.

– Você é como uma filha para mim, Maureen, mas você já sabe disso, não é mesmo?

*Maureen*

## *Dublin/São Paulo, 2019*

A primeira pessoa que mencionei a Davey foi Aisling. Fazíamos o mesmo curso e nos demos bem desde o primeiro dia. Sua mãe era polonesa e o pai irlandês. Um dia, almoçando no Memorial Gardens, ela me disse que eles não estavam se dando bem. Estavam em aconselhamento de casal, disse, e precisavam manter um diário de todas as suas comunicações, além de dar uma "saída à noite". Tudo era muito repressivo e antinatural, Aisling sentia. Ela tinha certeza de que seu pai estava tendo um caso, que ele já havia prometido à sua mãe que já tinha terminado. Ela não confiava nele e sentia-se terrível pela crença completa de sua mãe nele, sua incrível credulidade, como ela dizia. Deveria ela ficar de fora disso ou contar à mãe tudo, ou parte do que sabia, neste estágio tão delicado?

Eu não sabia como aconselhar Aisling, mesmo que fosse tão bom oferecer alguma palavra de conforto. O que eu saberia? Senti até admiração pela devoção dos meus pais um ao outro. Não disse isso, pois não queria magoar Aisling. Ela já estava sofrendo demais.

Aisling disse que sua irmã gêmea Niamh morreu de meningite aos 11 meses de idade e que sua mãe teve uma depressão pós-parto pesada após o nascimento dela. Ela foi incapaz de se relacionar com Aisling por causa disso. Seu pai assumiu os dois papéis até a mãe conseguir a ajuda de que tanto necessitava, quando Aisling tinha cerca de 2 anos nessa fase. Era tarde demais, no entanto. O relacionamento delas nunca foi totalmente reparado.

O vínculo com o pai, por outro lado, era sólido e inabalável, e pelo resto de sua infância sua mãe tentou compensar os dois primeiros anos "perdidos". Aisling disse que havia uma foto que sua mãe compartilhou com ela em seu décimo sétimo aniversário. Era uma bela foto de Niamh dando os primeiros passos, uma criança magra e morena como a mãe. Aisling era uma coisinha gordinha de cabelos louros, sentada em um carrinho, sorrindo com a primeira tentativa de caminhada da irmã. Passariam-se mais 6 meses até Aisling dar os primeiros passos, não testemunhados por sua mãe, que naquele momento estava no hospital com grave depressão.

Fiquei honrada por Aisling ter compartilhado isso comigo. Nos abraçamos por um tempo antes de Aisling me falar da maldição de Macha. Um trágico conto mitológico irlandês. Macha era filha de Aodh Ruad. Ela foi forçada a correr contra os cavalos de carruagem do rei de Ulster, mesmo estando grávida. Ganhou a corrida, mas entrou em trabalho de parto e caiu na linha de chegada, onde deu à luz dois filhos gêmeos, Fedach e Fomfor.

Aisling disse que a maioria das versões da história afirma que Macha morreu e que, com seu último suspiro, ela amaldiçoou os homens de Ulster – "Todos vocês sofrerão com as dores do parto e serão incapazes de lutar" – ela rugiu.

Isso teve um efeito terrível mais tarde no roubo dos gados de Cooley, quando os guerreiros foram forçados a esperar dias a fio para se sentirem bem e em forma o suficiente para entrar em batalha.

Ela achou incrível que uma mulher pudesse participar de uma corrida e vencê-la em trabalho de parto, deixando os homens em suas camas incapazes de realizar alguma coisa!

Macha continuou a governar como Alta Rainha da Irlanda por 25 anos de glória e prosperidade. O lugar onde ela construiu sua casa é conhecido como Emain Macha, que significa "gêmeos de Macha", embora também seja conhecido pelo nome mais moderno de "Navan".

Amei essas histórias. Tínhamos planejado visitar a montanha Killiney, pois a previsão do tempo era boa para o fim de semana. Já era quinta-feira.

Eu não conseguia me concentrar na aula, minha mente estava inquieta e não sabia por quê. Na noite anterior, me revirei na cama, entrava e saía do banheiro, subia e descia as escadas para beber água e assaltar a geladeira a noite toda. Connie perguntou no café da manhã se eu estava bem. Eu disse que não sabia por que não conseguia dormir. Ela disse para eu não me preocupar, pois era apenas um período de adaptação, bastante normal.

Peguei o ônibus para a aula, checando o telefone sem parar como se estivesse esperando notícias. Mas era apenas mais um dia comum em Dublin. O que poderia ser interessante em um dia como esse?

A sala de aula estava abafada. Eu tive que perguntar a Fergal, meu orientador, se poderia abrir uma janela. Depois de 5 minutos, ele me pediu para fechá-la novamente.

– O trânsito é muito barulhento, Brianna, se você precisar de ar fresco, talvez saia por alguns minutos, pode ser? – ele era muito sutil, então eu entendi completamente.

Estávamos estudando a obra de Marcel Proust, mas nada aconteceu. Voltei a checar meu telefone, e ainda eram 11h10. Um minuto depois, vibrou. Pensei que poderia ser Davey, mas ele nunca me ligaria àquela hora. Ele sabia que eu estava em aula.

Então, dei minhas desculpas e atendi à ligação no corredor.

O grito ficou silencioso dentro da minha cabeça. Eu não percebi o distúrbio que eu havia causado até sentir as mãos frias de Aisling levantarem meu rosto. Os olhos dela entraram em pânico e ela tentou disfarçar.

– Vamos lá para baixo tomar um chá, que é sempre bom...

Sentei-me com Aisling. Fergal juntou-se a nós um minuto depois. Eles me convenceram a tomar um chá, gentilmente me incentivando a falar, quando tudo o que eu queria era fugir e voar de volta para casa.

Nana Maureen havia sofrido um grave acidente de carro. Ela estava no hospital em São Paulo, na UTI. Essa notícia horrível de mamãe foi surreal. Tudo o que eu ouvi foram longas frases incoerentes, em pânico, de uma voz familiar, porém distante... acidente de carro, coma, médicos, voos...

Ela marcou minha passagem para as 7h45, de Amsterdã para São Paulo. Precisava então ir de Dublin ao aeroporto de Schiphol, na capital holandesa. Fiquei irritada por minha mãe não levar isso em consideração. Precisei do Google para encontrar um voo que eu pudesse pagar com um prazo tão curto, parecia impossível. Aisling me ajudou e me emprestou seu cartão de crédito. Ela disse que eu podia devolver assim que voltasse a Dublin. Enviei uma mensagem para mamãe com o número da conta de Aisling para que ela pudesse devolver o dinheiro o mais rápido possível.

Não me lembro direito do voo de Dublin. Eu esperei três horas no Aeroporto de Schiphol, então fiquei experimentando perfumes caros, batons brilhantes e uma tonelada de maquiagem... Exausta e parecida com um zumbi, fui para a livraria folhear revistas de artesanato e ler orelhas de romances.

Quando embarquei, chorei feito criança, um choro visceral, constrangedor e incontrolável. A aeromoça perguntou se eu tinha medo de avião. Dei a ela um olhar que dizia "se manda... só quero privacidade".

Depois de me recompor, senti necessidade de compartilhar as trágicas notícias. Ela me abraçou e ofereceu água gelada. Minha garganta estava pegando fogo e saciou minha sede, fazendo-me sentir quase normal novamente.

Em seguida ao meu segundo sono, acordei com um choque renovado. Nana estava realmente em coma? Então mais lágrimas. Tentei barrar o choro. A pessoa sentada a meu lado silenciosamente pediu para trocar de lugar. Ela estava tentando estudar um grande livro de contabilidade e minha lágrima gotejou sobre uma página. Normalmente, eu ficaria envergonhada por isso, mas estava entorpecida e cansada demais para me importar.

Adormeci de novo, debaixo do cobertor azul da companhia aérea e sonhei que Nana Maureen e eu tínhamos a mesma idade, gêmeas de 7 anos. Estávamos tendo um excelente domingo; vestidos brancos e fitas de cabelo combinando, e brincando animadas em um lago. Um estranho nos chamou do outro lado e disse "oi" ou algo assim. Talvez fosse um médico.

De repente, a pequena Maureen colocou um pequeno pé na água e afundou imediatamente. Eu pulei atrás dela, mas ela fora já ao fundo do lago, imóvel e sem vida. Senti uma cutucada...

– Pousamos – disse o homem sentado ao meu lado.

Demorei alguns segundos para perceber que não estava na minha cama. Decidi que deveria desenhar esse sonho o mais rápido possível. Tirei um *screenshot* da minha mente para que conseguisse desenhar assim que tivesse papel e lápis.

Foi duro esperar minha bagagem. Era a mala preta grande ou a cinza velha? Todas pareciam idênticas. Assim que localizei e verifiquei que era a minha, ainda tive de passar pela alfândega. Finalmente, atravessei as portas deslizantes procurando no rosto bronzeado da multidão brasileira o pálido rosto de minha mãe.

Sua primeira reação foi a de sempre. Depois de um breve abraço e um beijo, ela insistiu que eu fosse ao banheiro lavar o rosto:

– Você usou todas as maquiagens do *duty free*?

Olhei no espelho e vi uma garota que eu não reconhecia: pálida, exausta, cabelos ruivos desgrenhados como uma bola de pelos. Comecei a rir e depois a chorar. Mamãe mandou me recompor e disse que era sua mãe que estava morrendo, não a minha.

Pedi desculpas para evitar atritos futuros.

– Como está a Nana?

– Como foi o voo? Falamos em uníssono.

– Vamos tomar um café que eu te conto tudo... – mamãe falou. E prosseguiu, devagar e hesitante:

– Nana Maureen pegou o carro para buscar comida nos fornecedores. Ela estacionou bem na frente da loja... e aparentemente se inclinou em direção ao porta-luvas para pegar alguma coisa, provavelmente as chaves da loja, que ela sempre deixava ali.

Mamãe ergueu meu braço e o agarrou:

Brianna fez um rápido rabisco do seu sonho assim que chegou em casa.

– Então... um carro veio do nada. Ainda não sabemos exatamente o que aconteceu. O carro era muito velho, pode ter sido o freio, só Deus sabe.

Ela suspirou e tomou um gole de café.

– Por favor, mãe, me diga...

– O carro dela foi empurrado contra a árvore e, aparentemente, ela bateu a cabeça. O médico me disse que ela tem uma lesão no lobo temporal direito e é por isso que...

– Por que o que mãe...?

Minha ansiedade ia alcançando novos patamares à medida que a história se desenrolava.

– É por isso que ela não se lembra de que está morando no Brasil, também não sabe falar inglês, está com a cabeça tão bagunçada que só fala em gaélico e, é claro, ninguém consegue entender uma palavra. É de partir o coração.

– É por isso que você precisa de mim aqui?

– É, querida, você sabe que sempre foi a única pessoa com quem ela conversava. Tenho certeza de que ela vai se conectar com você...

– Ela está muito machucada, mãe? Comecei a chorar de novo.

– Além do ferimento na cabeça, tem só uma contusão. Não precisa chorar, ela está medicada já, não está sentindo dor.

Instintivamente, balancei o corpo, me esforçando para ter um pouco de conforto.

– O neurologista disse que ela será transferida para um quarto individual – continuou – não vai mais ficar na UTI...

– Pelo menos é um alívio – eu disse – as longas horas sem notícias foram realmente difíceis, mãe... Desculpe, mãe, falando em telefone... uma mensagem de texto.

Peguei minha bolsa.

"Você está bem, Brianna? Como está sua Nana? Pensando em você".

Era Davey.

"Oi, Davey, vovó saiu da UTI, mas agora só fala gaélico. Ela esqueceu como falar inglês ou português".

Davey respondeu.

"– Essa é uma ótima notícia, né? Ter saído da UTI, digo".

Enquanto eu respondia, mamãe sorria baixinho como os gatos às vezes fazem. Ela nunca me perguntaria diretamente sobre Davey. Esse era mais o estilo de Nana Maureen. Mas ela fez uma observação:

– Acho que você também tem novidades, Brianna, boas notícias...

– Deixa de ser intrometida, mãe. Vamos ao hospital...

– Não quer passar em casa primeiro, tomar um banho, dar uma descansada?

– Nã, nã, nã, nã, não... tenho que ver ela agora, mãe...

– Não pode me dizer o nome do seu amigo pelo menos? Ele parece realmente se preocupar com você!

– Como assim?

– Bem, ele mandou uma mensagem de texto no minuto em que você pousou e quis ter certeza de que você chegou bem...

Eu sorri:

– Essa é outra conversa, mãe...

Ela não insistiu, porque conhece muito bem a filha que tem...

*Brianna*

1960

# O viajante do vento
## Pampas, 1960

– Algumas pessoas são tão pobres... tudo o que têm é o dinheiro. Brian ria enquanto pegava mais batatas. Ele olhou para mim sobre os pratos fumegantes da mesa de jantar e acrescentou:
– As palavras de Jack Kerouac.
Tia Marie pôs um pouco de suco de melancia no copo e ofereceu mais salada.
– "Go raibh mile maith agat" – ele agradeceu com um gaélico meio exagerado e piscou para mim.
– Talvez seja assim que a vida é... um piscar de olhos e as estrelas piscando... Kerouac novamente – ele disse.
– Quem é Jack Kerouac? – eu quis saber.
– É o autor favorito de Brian... – disse tia Marie, feliz com o jantar.
– Jack Kerouac nasceu nos Estados Unidos e viajou por trilhos e estradas – disse Brian, olhando intensamente para mim. Amei o estilo de vida dele – "a estrada é a vida".
– Quem é você na família? – perguntei timidamente.
– Sou o completo oposto do meu outro irmão, nascido alguns anos depois de mim, que ama a fazenda de meu pai.
– Onde fica a fazenda?

– Na Argentina. Meu irmão não quer conhecer lugares novos. Eu sempre fui inquieto, tenho no gene a sede da estrada!

– Como seu pai se sentiu quando você largou a faculdade de Direito e foi viajar? – perguntou tia Marie.

– Bem... não dá para dizer que ele ficou feliz, mas pelo menos ele pareceu entender meu raciocínio. Acho que ele deve ter sentido o mesmo quando deixou a Irlanda e partiu para a Argentina. Mas minha mãe não gostou nada. Ela sempre quis uma família numerosa, netos por todo o lado. Então, ficou bem chateada... mas, para ser sincero, eu sabia que tinha de estar em outro lugar. Então, quando cheguei à vila, conheci Abeje, Ayo, todos eles, o tempo parece que parou. Tudo o que eu queria era morar ali, plantar, dedicar um tempo para aprender aquela sabedoria de vida, viver a vida de maneira pacífica e significativa... sei lá se isso não soa muito... piegas?

Ele parou para pensar.

– Mas eu aprendi muito sobre mim... por mais difícil que tenha sido no começo...

– Quando você citou Kerouac – disse tia Marie – pensei imediatamente na família de Sérgio. Como eles estão agora? Espero que não haja mais ameaças. Puxa, eu realmente aprecio o apoio que você tem dado à nossa comunidade, Brian... ou devo dizer ao nosso clã?

Não achei que fosse realmente o meu lugar fazer perguntas sobre a família de Sérgio, mas tia Marie continuou a conversa com um fluxo delicado e natural. Senti que ela queria que eu me informasse mais sobre eles.

– A vida em uma vila de quilombo não gira em torno de dinheiro, como em um bairro qualquer ou em uma cidade comum – acrescentou – eles vivem de acordo com as próprias regras, trocando, ajudando-se, reverenciando a natureza, dançando por seus deuses, e isso funciona maravilhosamente.

Mas, às vezes, eles precisam ir à cidade para vender seus produtos e ganhar algum dinheiro para as eventuais emergências.

Ela se virou para Brian:

– Por que você não conta a Maureen sobre sua chegada aqui?

Brian assentiu, sorriu e pegou a sobremesa, um bolo de cenoura caseiro. Deu uma mordida e continuou alegremente:

– Bem... estávamos na estrada há semanas, eu e os outros motoqueiros. Nossa jornada havia começado na região austral da Argentina, os estrangeiros chamam de terra do fim do mundo. É muito bonito, no entanto. Adoro os campos vazios, os horizontes infinitos... de todo modo, estávamos a caminho do Rio Grande do Sul, mas queríamos acampar na floresta. Então saímos da rodovia e pegamos as estradas laterais.

– Quantos viajantes? – perguntei.

Estava animada agora, como se ele estivesse descrevendo um ótimo filme, embora fosse uma história real... isso, é claro, tornava sua narrativa ainda mais envolvente.

– Seis caras. Dois de nós nascidos na Argentina, três norte-americanos, sendo um deles canadense e outro cara que era francês. Todos nós nos tornamos amigos muito próximos, como geralmente acontece na estrada. Então, o sol nascia e lá já estávamos nós, em alta velocidade, rindo, brincando, sentindo o vento, sentindo a liberdade...

Então vimos alguns cavalos.

Cerca de dez cavaleiros atravessaram a rua como se quisessem fazer uma barreira. Eles seguravam chicotes, os cavalos pulavam loucamente, nervosos com os gritos e os tiros. Sim, eles tinham armas e estavam atirando para o alto. Sabíamos que algo estranho estava acontecendo. Foi daí que vimos os quilombolas. Eles seguravam baldes cheios de legumes. Uma carroça puxada por bois estava detida. As crianças choravam, as mulheres estavam com medo... era assustador. Então, finalmente vi o Sérgio. Montado em um garanhão preto, gritando e aterrorizando a todos. Ao nos ver, ele abriu a barreira e bradou:

– Vocês podem ir passando... agora... – Meu amigo Dylan, como todos nós, jamais conseguiria recuar e permitir que um monte de cavaleiros armados intimidasse um grupo de agricultores pacíficos.

– Sim. Vamos sair, mas é melhor deixá-los ir primeiro – eu disse a ele.

Sérgio instigou o cavalo. Ele estava possesso. Então chegou perto de nós e gritou:

– Saiam! Deem o fora daqui!

Dylan não hesitou. Ele correu para o lado de Sérgio a toda velocidade. Ele sabia que o cavalo não aguentaria o barulho da moto. O garanhão começou a pular loucamente, mas Sérgio segurou firme. Então eu fui para o outro lado e o arranquei fora do cavalo. Quando ele caiu no chão, as pessoas aplaudiram e gritaram:

– Ogunhê!

– Eu não sabia o que significava aquilo, mas me senti forte, a salvo. Olhei em volta e chamei meus amigos. Nós seis rodamos como nossas motos em círculos e em alta velocidade ao redor dos cavaleiros e, finalmente, eles desistiram. Sérgio os levou para a floresta e eles simplesmente sumiram.

– Sigam em frente – incentivei.

Em seguida, conversamos com o povo quilombo, que nos disse que eles só queriam ir à cidade vender suas verduras. Eles foram proibidos por Sérgio e sua família. Sem nenhuma justificativa. Não aceitávamos ou não poderíamos aceitar aquilo, então a única coisa que poderíamos fazer era ficar lá junto deles. Em vez de acampar na floresta, nós os seguimos até o quilombo e ficamos ao lado deles enquanto vendiam seus legumes e verduras na feira aberta. Ninguém ousou nos desafiar e eles venderam todos os seus produtos. Foi a primeira vez que falei com Ayo. Ela chegou perto e disse:

– Olá, Brian. Minha mãe acha que você foi enviado por Oya.

– Oya? Quem é esse?

– Oya, a deusa dos ventos, um búfalo, a nossa guerreira...

– Lindo! – lembro de ter dito a ela – isso me lembra muitos mitos celtas. Você podia me contar mais sobre seus deuses uma hora dessas?

Abeje ouviu a conversa e ficou ao lado da janela, sorrindo para Brian e acenando com a cabeça em concordância. Ele sorriu para ela e continuou:

– A querida Abeje acabou de me dizer: queremos convidá-los para ficar em nossa aldeia. Também queremos abençoar todos vocês. Obrigado! Obviamente, nós aceitamos o convite deles. Estávamos acostumados a fazer amigos pela estrada. E essas pessoas pareciam ser especiais. Mas nenhum de nós poderia ter adivinhado a beleza de sua música, a profundidade de sua sabedoria. Eu fui imediatamente cativado. A mãe de Ayo e Abeje chegou perto de mim:

– Brian, obrigado por estar aqui conosco. Você foi trazido por nossa deusa do vento, nesta sua moto. Você não ama o vento?

– Sim, claro.

– O viajante do vento, é como vamos chamá-lo, o que nos foi trazido pela sabedoria de Oya!

– Por que você e seus amigos não passam algum tempo morando aqui com a gente?

– Eu fiquei sem palavras.

– Continue, o que aconteceu depois, Brian? – perguntei.

– Bem, me senti na obrigação de ficar. Eu sabia que aprenderia muito mais se ficasse. Senti que minha vida realmente mudaria para melhor. Então, quando meus amigos disseram que iam pegar a estrada, eu fiquei por lá. E aqui estou eu, jantando com estas três adoráveis mulheres... – ele sorriu.

Mais tarde, depois que Brian voltou ao quilombo, estava arrebatada com aquelas sensações contraditórias. Embora ele tivesse nos falado sobre violência e injustiça, havia algo em sua presença que era absolutamente tranquilizador. Ele fez eu me sentir serena, à vontade. Eu adorava falar gaélico com ele. Brian havia perdido vocabulário por falta de prática, mas eu o convenci a retomar. Ele me deu seu livro *On The Road*, de Jack Kerouac. Não tinha certeza se era um presente ou um empréstimo. Um empréstimo significava que teríamos de nos ver novamente.

Eu odiava vê-lo partir no escuro, tão tarde da noite. Eu queria subir na moto e ir com ele. No entanto, eu amava o Sérgio. Não pude negar a sedução e a pura paixão do nosso encontro no lago. Era impossível conectar Sérgio àqueles cavaleiros armados enlouquecidos que chicoteavam cavalos e intimidavam camponeses. Se tia Marie e Abeje não tivessem testemunhado e confirmado a veracidade de suas palavras, eu teria certeza que Brian estava falando de outra pessoa.

Abri as janelas e estremeci, embora fosse uma noite quente de verão. Notei o jasmim no vaso na minha mesa de cabeceira e levei um monte comigo para o banheiro. Enchi a banheira com água morna e joguei as flores debaixo da torneira. O perfume me deixou tonta. Entrei com cuidado, tentando impedir minha cabeça de girar. Senti um pouco de enjoo. Percebi que havia engordado nas últimas semanas e minha menstruação estava atrasada... eu poderia realmente estar grávida... de um filho do Sérgio?

Medo do futuro. Medo da minha paixão por Sérgio. Medo do meu novo amor, Brian. O viajante do vento vindo da terra do fim do mundo...

Depois do banho, quando eu estava prestes a dormir, tia Marie bateu à minha porta:

– Posso entrar?

Abri apreensivamente, sabendo que ela vinha matutando algo relacionado a mim. Ela sentou-se ao lado da minha cama, fui até a janela aberta e olhei para as estrelas.

– Eu sempre amei crianças, sabe...

Senti meus olhos se encherem de lágrimas quentes e ardentes. Minha garganta se contraiu em antecipação a uma conversa que eu sabia que seria dolorosa.

– Mas eu não posso ter filhos. Seu tio Paddy ficou decepcionado no começo. Na Irlanda, quando éramos jovens, tínhamos planejado ter uma enorme família. Ele tentou não me sobrecarregar ainda mais com seus sentimentos. Era um homem muito carinhoso.

Eu percebi quando ela deu uma hesitada.

– Quando fomos para a fazenda – ela prosseguiu – e eu conheci os quilombolas pela primeira vez, não podia acreditar na beleza e inocência de seus filhos. Eu me apaixonei imediatamente...

Sentei-me com tia Marie e segurei sua mão com força.

– Então, você adotou essas crianças? É por isso que você vai à vila com tanta frequência? Para ficar com eles?

– Bah! Digamos que eles me adotaram... sim, eu amo estar na vila. Na verdade, superei minha depressão, curei-me da frustração e do fracasso que sentia por não ter filhos, apenas estando lá. É claro que a mãe de Abeje cuidou bem de mim, rezando aos deuses deles para que eu me sentisse mais feliz...

Fiquei quieta enquanto ela cantarolava uma canção de ninar. Eu a beijei e tentei ter coragem para contar a ela o que estava acontecendo comigo.

Não havia necessidade. Ela me beijou de volta e disse em seu caminho, muito realista:

– Maureen, você não precisa se casar com Sérgio para ter o filho dele. Quero que você conheça o amor... conta comigo.

Fiquei surpresa com sua consciência, sua intuição. Na verdade, eu esperava uma bronca ou um sermão severo sobre meu comportamento imprudente, mas, em vez disso...

– Maureen – disse ela ainda segurando minha mão – aprendi muito aqui. Cada pessoa tem direito à sua própria vida e às escolhas que faz. Seu caminho é único, você não precisa seguir as regras da convenção... apenas seja fiel a quem você é.

Beijei a testa dela e ela sorriu amorosamente quando se levantou e foi em direção à porta. Ela parecia tocada por nossa confiança recíproca e eu tinha certeza de que ela também estava chorando.

– Boa noite, querida – disse ela, antes de fechar silenciosamente a porta.

*Maureen*

**"Seu caminho é único, você não precisa cumprir as regras da convenção."**
Maureen sonhou que sua vida era um quebra-cabeça. Havia muitos caminhos no mundo e, desde que ela cultivasse sua verdade, ela ficaria bem.

# 2018

## "Ele não é um anjo?"
### *São Paulo, 2018*

São Paulo, a terra da garoa.

O tráfego era pesado no fim de tarde e o hospital da Avenida Santo Amaro era muito longe do Aeroporto de Guarulhos.

– Nunca gostei muito de chuva – disse mamãe – embora adore duas cidades chuvosas.

– Você quer dizer São Paulo e Dublin? Ai, mãe, estava tão ensolarado quando parti, e disseram que ia ficar ainda mais quente!

Disparei a falar enquanto ela dirigia.

– Dublinenses são tão engraçados... quando o sol sai, mãe, você vê aquelas garotas pálidas cheias de sardas, todas bronzeadas, e pode fazer só 16 graus que lá estão elas de *short* e camiseta, jogadas na grama no Parque Stephen Green. E eu ainda usando o fator 50!

Mamãe não respondeu, exceto para me apontar o pôr do sol chuvoso.

– Vamos ouvir música brasileira – disse ela depois de um tempo. Ela sintonizou sua estação de rádio favorita.

Ouvimos as mesmas músicas antigas que ela tocava quando eu era pequena.

Relaxei e depois dei uma cochilada. Acordei com uma sacudida e mamãe me chamando. Estávamos chegando no hospital. Quando vi o prédio, minhas mãos começaram a tremer. Acho que Nana nunca ficou doente. Eu não conseguia imaginá-la em uma cama de hospital.

Saímos do estacionamento e entramos no salão para nos registrar como visitantes. Aquele cheiro de hospital me deixou enjoada. Mamãe, gentilmente, mas com firmeza, me pegou pelo braço e fomos até o elevador. Sentia tristeza. E estava exausta.

No corredor, a enfermeira cumprimentou minha mãe com um sorriso. Não consegui retribuir o sorriso. Mamãe achou o quarto e bateu na porta. A voz de um homem disse:

– Por favor, entre.

E lá estava ela. Minha querida e doce Nana. Seu adorável cabelo grisalho, solto sobre seu rosto pálido. O corpo forte e em forma, coberto com uma roupa de hospital.

– Brianna mo ghrá atá tu anseo ar deireadh!

– O que ela está dizendo? – a enfermeira me perguntou.

– Brianna, meu amor, você já está aqui? – traduzi e acrescentei que perguntaria à minha avó como ela está se sentindo...

– Ó, Nana, conas tá tú? – foi tudo o que eu pude dizer. Daí desmoronei.

Nana abriu os braços e eu voei até ela. Nem prestei atenção no quarto, nem em minha mãe, nem nas enfermeiras, em nada além de Nana. Eu a agarrei com força, aos soluços, mas sem querer. Ela acariciou meu cabelo, como nos velhos tempos, tentando me acalmar. Beijei sua testa e ela beijou minha bochecha molhada.

No meio dessa cena tão forte emocionalmente, senti uma mão tocar meu ombro e em português:

– Não se preocupe. Ela está bem e vai ficar bem!

Ergui meus olhos para a voz. Ele era jovem para um médico, alto e esbelto, grande, carismático, olhos penetrantes. Seu sorriso me tranquilizou e eu me senti à vontade.

– Desculpe-me, nem notei você aí – murmurei, envergonhada.

– Não se preocupe – ele piscou – eu notei você...

Sua expressão desenvolveu-se com fluidez, passando de um médico profissional a um paquerador provocador. Eu gostei.

– Este é o Dr. Antônio, Brianna – a enfermeira apresentou – ele está cuidando muito bem da senhorita Maureen!

– Obrigado – ele disse e acrescentou – e falando nisso, vamos te examinar agora, Dona Maureen.

Sentei-me na poltrona e fiquei observando, mas 10 minutos depois o *jet lag* me atingiu novamente. O outro sentimento era uma agitação indesejada de excitação. Parecia impulsivo, descarado até. Como eu poderia me sentir assim com minha avó convalescendo? Parecia irreverente, desrespeitoso e, é claro, eu estava completamente envergonhada. No entanto, fiquei e observei-o através dos meus olhos confusos pelo fuso.

O Dr. Antônio continuou seus exames. Notei o cuidado gentil que ele teve com os pés velhinhos e cansados de Nana. Ele testou os reflexos dela com seu martelo neurológico, tão sereno e tão seguro que seria quase impossível não confiar nele. Nana parecia pacífica, relaxada. Ela sorriu para mim e perguntou:

– ... nach aingeal é? "Ele não é um anjo" – perguntou-me. Só sorri pensando, sim.

– Tenho certeza de que vocês vão curtir a companhia uma da outra agora. Maureen acabou de tomar um remédio para dormir. Mas você pode ficar com ela enquanto ela vai relaxando.

Eu queria perguntar mais sobre o estado de Nana, mas uma enfermeira o chamou do corredor e ele saiu rapidamente.

– Brianna, querida – disse mamãe – realmente precisamos deixar Nana em paz agora, ela está exausta.

– Mas, mãe, eu pretendia passar a noite aqui... ao lado dela...

– Não há necessidade, querida, ela está em boas mãos aqui...

Tia Imelda entrou apressada. Eu não a via há muito tempo, mas ela parecia ainda mais bonita do que antes. Sofisticada e elegante, seus cabelos castanhos brilhantes tinham um corte moderno.

– Vim de Porto Alegre para ficar com minha mãe – ela anunciou – vá para casa, querida, descanse um pouco. Podemos passar a tarde inteira aqui amanhã...

Jamais se poderia discutir com tia Imelda. Seus olhos dominadores e gestos diretos não deixavam espaço para dúvidas, contradições ou sutilezas. Eu dei um beijo de despedida em Nana Maureen e só acenei pra tia Imelda. Um beijinho que fosse já desmancharia aquele rosto perfeitamente maquiado.

*Brianna*

# Fora da lei
## *Rio Grande do Sul, 1960*

Tia Marie me disse que Brian viria jantar aqui daqui a alguns dias. Ela não disse o motivo e eu não perguntei. As notícias provocaram um inchaço na minha garganta e meu estômago revirou. Na verdade, entrei em pânico sem saber o porquê.

Reli *On The Road* e até decorei algumas passagens para impressioná-lo. Arrumei meu cabelo de vários jeitos naquela manhã e decidi por um estilo que parecia exatamente aquele casual "desarrumado"; mentalizei a situação, prometendo a mim mesma que estava fazendo toda essa preparação porque éramos "apenas bons amigos". Eu ensaiei que o convidava para dar um passeio, dizendo algo que soasse normal, até mesmo um pouco indiferente.

Quando Brian finalmente chegou, eu estava em parafuso. Tia Marie percebeu e me disse para meditar um pouco para me acalmar. Ajudou.

Depois do jantar, Brian me pediu para acompanhá-lo em um passeio. Olhei para tia Marie, que me acenou sorrindo.

– Parece legal – respondi, e ele foi educadamente em direção à porta. Coloquei *On The Road* como ponto de partida da conversa. Mas não chegamos a conversar sobre o livro, nem consegui mostrar-lhe as passagens que ensaiei.

No lugar disso, conversamos sobre mitos celtas, dos quais lembrávamos de crianças.

Eu contei a ele a lenda de Little John:

– Você sabia que o lendário Robin Hood, famoso por roubar os ricos para dar aos pobres, tinha um subcomandante chamado Little John?

– Não sabia, me conta mais... – disse Brian.

– Bem, Little John está diretamente ligado a Stoneybatter, minha cidade natal! Segundo a lenda de Robin Hood, Little John e seus camaradas foras da lei, os Merry Men, eram heróis na Inglaterra do século XII por sua heroica campanha para ajudar os pobres.

– E continuei:

– Little John é descrito como um homem enorme, com 2 metros de altura. Seu nome verdadeiro era provavelmente John Little, mas Robin Hood amava a ironia desse nome e o chamava de Little John. Ele era um gigante inteligente e astuto. O amigo mais próximo de Robin e seu soldado mais leal. E era altamente habilidoso em combate, principalmente com seu arco e flecha. Ele foi o único do bando que compareceu ao leito de morte de Robin Hood. Quando as autoridades começaram a se aproximar de sua base em Sherwood Forest, Little John e seus Merry Men buscaram refúgio na Irlanda para escapar da execução. Chegaram por volta de 1188 e viveram nas matas e cavernas próximas a Arbor Hill, em Stoneybatter.

– Seu bairro natal, Stoneybatter, adoro esse nome.

– Eu também. É uma versão anglicizada de Bóthar na Gcloch, que quer dizer "estrada de pedras". – E prossegui com a história:

– Logo após sua chegada, espalhou-se a notícia do talento de Little John como arqueiro. Ele foi convidado a demonstrar suas habilidades para entreter o povo em Dublin. Little John concordou prontamente e organizou-se então uma demonstração de arco e flecha.

No dia da demonstração, Little John estava no lado sul da Ponte Velha de Dublin, que hoje chama-se Father Matthew Bridge, e disparou sua flecha. Ela foi parar, supostamente, na região de Oxmantown, em Stoneybatter. Isso impressionou tremendamente os dublinenses da época, que, por muitos anos depois, chamaram o local onde a flecha caiu de "A flechada de Little John".

O "pequeno" John e os Merry Men continuaram sua campanha contra os ricos governantes ingleses da Irlanda. Conta-se que ele foi capturado e enforcado por "roubo" em Arbor Hill.

– Que personagem nobre – disse Brian – podemos ser espécies de Little John por aqui.

– Talvez eu te pinte em um quadro como o Little John que imagino – eu disse – o espírito dele trará boas vibrações à comunidade daqui.

– Eu adoraria isso – disse Brian – de verdade...

– Meu mito favorito, no entanto, é Tír Na nÓg – eu disse – um paraíso de juventude eterna, onde ninguém envelhece, não seria incrível isso?

– Continue... me conta mais – Brian me incentivava – eu poderia ficar ouvindo seu sotaque dublinense para sempre.

– Bem, era uma vez, há muitos anos, um grande guerreiro chamado Oisín. Ele era filho de Fionn Mac Cumhaill, na verdade se pronuncia Finn MacCool. Ele era o líder de Fianna, os protetores do Alto Rei da Irlanda, e todos os dias Oisín e Fianna exploravam as belas colinas verdes irlandesas enquanto caçavam.

Brian se ajeitou, sorrindo, e me encorajava a contar mais...

– A história conta que um dia, Oisín e Fianna viram uma bela jovem em um elegante cavalo branco ao longe. Seus cabelos eram da cor do sol e caíam até a cintura, e ela usava um vestido

*Maureen pintou um retrato de Little John para Brian. Ele amou o presente e mandou enquadrar.*

azul-claro cravejado de estrelas. Ela estava cercada por uma luz dourada.

– Uma versão loura de você... – provocou Brian.

– Ah, não, para! Ela foi a mulher mais linda que já existiu – eu ri. – O cavalo dela se aproximou e todos os homens pararam em suas trilhas para ouvir o que ela tinha a dizer: meu nome é Niamh, disse ela, e meu pai é o rei da terra mística de Tír Na nÓg, uma terra onde, como se sabe, vivia-se eternamente feliz e onde ninguém envelhecia. Ouvi coisas maravilhosas sobre um grande guerreiro chamado Oisín e vim levá-lo comigo de volta para Tír Na nÓg, a terra da juventude eterna. Oisín imediatamente se apaixonou por Niamh, e embora estivesse triste por deixar seu pai e Fianna, ele aproveitou a chance de se juntar a Niamh a cavalo para ir morar em Tír Na nÓg.

– Homem sábio – sorriu Brian.

– Bem, ele não prometeu a Finn MacCool que retornaria à Irlanda para vê-lo novamente em breve. Galopando seu lindo cavalo branco pelos mares de prata, ele alcançou a terra mágica de Tír Na nÓg. Como Niamh prometera, era uma terra onde ninguém conhecia a tristeza, ninguém envelhecia, todos viviam para sempre. Juntos, Niamh e Oisín passaram gloriosos momentos felizes, embora houvesse uma pequena parte do coração de Oisín que sentia solidão. Ele tinha saudades da Irlanda e desejava ver seu pai e Fianna novamente.

– Ah, o vínculo entre pai e filho, eu entendi – disse Brian, absorvido pela história.

– Então, Oisín implorou a Niamh que o deixasse voltar para a Irlanda, mas ela hesitava. Eventualmente, ela viu que Oisín sentia muita falta da família dele. Ela concordou em deixá-lo voltar à Irlanda para vê-los uma vez mais. E pediu que fosse com seu cavalo branco mágico, avisando-o para não deixar seus pés tocarem o chão, ou ele nunca mais voltaria para Tír Na nÓg, a terra da eterna juventude. – Posso continuar? – sorri... eu podia ver que ele estava se concentrando no meu rosto e nos meus lábios enquanto eu contava a história e ocasionalmente alisava meu cabelo. Ele fez que tossiu de brincadeira e segui contando:

– Bem, Oisín partiu pelo mar no cavalo branco de Niamh e alcançou a Irlanda. Quando ele chegou, viu que as coisas haviam mudado. O grande castelo que antes fora a casa de sua família estava desmoronando e coberto de heras. Enquanto procurava alguém familiar, Oisín encontrou alguns velhos que tentavam mover uma pedra enorme. Ele se inclinou para ajudá-los, mas perdeu o equilíbrio e caiu do cavalo. No momento em que tocou o solo, ele envelheceu os trezentos anos que tinha passado fora do solo irlandês. Agora Oisín era um velho frágil. Ele perguntou a alguns homens sobre seu pai, e eles disseram que Fionn Mac Cumhaill falecera há muitos anos. Com o coração partido e três centenas de anos, Oisín morreu logo depois.

– Que história! A moral é que sempre se deve ouvir as mulheres?

– Ele não ignorou as palavras da mulher dele, quando desceu do cavalo estava só tentando ajudar, como o bom cavalheiro que era...

– Eu sei... só estou brincando...

– Penso muito nesse mito, porque venho viajando faz tanto tempo... considero a comunidade quilombola o melhor oásis do mundo, mas ainda tenho estrada pela frente. Fico pensando que um dia talvez eu queira parar de viajar e ter uma casa, fincar raízes em um lugar. Sempre tive medo de parar, estagnar, como se largar as viagens fosse enquadrar meu espírito. Uma espécie de fim da juventude, no sentido de que poria um fim às descobertas... mas você, Brianna, me faz sentir vontade de me demorar, de ficar... não tenho mais tanta certeza de que pisar em chão firme seria sinônimo de envelhecer...

Brian escolheu uma frésia silvestre para mim, "como um sinal de nossa nova amizade", ele disse em tom falso e sério. Percebi o tamanho e a força de suas mãos sardentas e bronzeadas, em contraste com as delicadas flores. Ele deve ter lido minha mente enquanto tentava ler a palma da minha mão de brincadeira. Eu me afastei, aterrorizada, meu segredo seria revelado. Uma expressão de preocupação passou rapidamente pelo rosto dele, então, na tentativa de suavizar o clima intenso, brinquei que não acreditava naquele tipo de coisa.

Ele passou a me contar sobre seu pai, por quem ele tinha tanto respeito e admiração. "Brian", seu pai disse a ele, "você não nasceu na Irlanda, mas a Irlanda nasceu em você".

– Você já esteve na Irlanda, Brian?

– Ah, sim, papai e eu fizemos uma viagem para lá há uns cinco ou seis anos. Fomos a Dublin, Galway e Sligo, e eu me apaixonei pelo lugar. Quero voltar e descobrir mais... talvez você até vá comigo! Prometo não levar meu velho!

Brian não estava totalmente brincando, dava para perceber. Eu mudei de assunto rapidamente, pedindo que ele pusesse a frésia nas minhas tranças. Ele fez isso com gentileza e habilidade e depois me levou pela mão ali para perto para que eu visse meu reflexo.

– Uma bela Frida Kahlo – ele riu – mas sem a monocelha!

Arranquei a flor da minha cabeça e a joguei nele, sensualmente. Ele me pegou e me beijou. Eu nunca tinha sentido tanta paixão ou ternura. Quase partiu meu coração, porque eu senti que jamais daria pra ser. Eu o beijei com mais força e depois me afastei, com as lágrimas escorrendo pelo meu rosto. Eu senti que estava quase me sufocando. Fugi e Brian veio atrás de mim.

– Maureen – ele disse – sou um homem de honra e integridade, nunca faria nada para prejudicá-la ou machucá-la. Meus sentimentos são reais. Vou esperar e deixar a natureza seguir seu curso. Eu confio na vida.

– Brian, por favor, não diga isso...

– Eu só quero sua amizade e talvez, com sorte, quem sabe, o seu amor também.

– Brian, eu preciso te contar uma coisa, eu não devia ter te beijado...

– Não estou me queixando de nada...

A essa altura, meu coração disparou, senti náusea, mas eu disse:

– Estou grávida. Sérgio é o pai, você sabe. Estamos de casamento marcado.

Brian perdeu o equilíbrio e se sentou na grama. Pálido, ele me falou:

– Maureen, você já parou para pensar? Não tome atitudes apressadas, por favor, não faça isso. Você não sabe da violência do Sérgio? Outro dia me disseram que ele matou um sujeito só porque ele tinha roubado um potro da égua dele...

– Brian, pare com isso, eu sei de todas essas coisas...

– Sabe mesmo? Todo mundo comenta o modo como a família dele lida com os inimigos. Quer dizer, com as pessoas que eles cismam que são inimigas.

– Brian, essa conversa está fazendo mal a mim e ao bebê...

– Sua vida está em risco, Maureen, como também o seu bebê. Se você se casar com o Sérgio, não vai conseguir viver isolada, obedecendo cada ordem e capricho, aceitando as escolhas da família dele. Se você o deixar, ele vai decretar sua morte, vai contratar um matador qualquer para acabar com você. É tudo muito grave.

A essas alturas eu já estava aos prantos, tremendo dos pés à cabeça.

– Maureen, ainda dá tempo... vamos embora para São Paulo, quero me casar com você, proteger você... Vou criar esse filho como se fosse meu.

– O Sérgio jurou para mim que vai se modificar – eu disse a Brian, encarando-o nos olhos – as pessoas mudam, você não sabe?

– Você não acredita nisso de verdade, não é, Maureen? Você está é com medo de fazer as próprias escolhas, de ser fiel a si mesma! Você tem medo do quê? Dos seus pais?

Continuei defendendo o Sérgio, mas Brian deu as costas para mim, subiu na moto e desapareceu na estrada. Fiquei ali, falando sozinha...

*Maureen*

2019

# Ninguém é de ferro
## São Paulo, 2019

– Querida, vem cá!

Naquela noite, no quarto do hospital de Nana, corri em direção à cama dela e nos abraçamos com força.

– Ela pode falar português de novo, Brianna. Sua presença aqui melhorou imensamente a recuperação dela...

Lá estava o Dr. Antônio novamente. O mesmo sorriso generoso. A mesma presença reconfortante. Algumas pessoas sorriem com a boca, mas Antônio tinha olhos cintilantes e provocadores. Tudo o que eu pude dizer foi:

– Obrigada, doutor, obrigada por cuidar da minha avó.

Nana e eu continuamos nos abraçando.

– Vou deixar vocês sozinhas agora. Voltando-se para Nana, acrescentou:

– Cuide-se. Volto logo para ver como você está.

Tia Imelda chegou no momento em que ele estava saindo. A lufada de seu perfume sufocante se espalhou antes mesmo de eu pôr os olhos nela. O Dr. Antônio a cumprimentou calorosamente e, quando ele fechou a porta, ela disse:

– Bem, bem... tenho que trazer Alexia aqui da próxima vez. Ela tem que conhecer esse nosso belo médico...

Nana Maureen meio que fez uma careta e recostou-se no travesseiro. Sentei-me na poltrona ao lado de sua cama, percebendo sua irritação.

– Ele é um médico muito habilidoso, apesar de ser bem jovem, tão paciente e gentil...

Tia Imelda sentou-se na poltrona de couro preto.

– Bem, por que não seria? Esse é o trabalho dele, mãe.

– Mesmo assim, eu valorizo a gentileza dele.

Ela jogou sua pequena bolsa cara em cima da cama. Ela não parava de se mexer, parecia muito inquieta, arrumando sua corrente de ouro para que ela ficasse perfeitamente ajustada sobre sua blusa de seda verde. Cada vez que ela se movia, seu perfume flutuava pelo quarto. Eu podia ver que Nana parecia muito incomodada. Ela me pediu para abrir uma janela.

Tia Imelda protestou, dizendo que estava sentindo um pouco de frio. Então, como se já não bastasse ela ficar tentando dominar a atmosfera da sala, minha tia ainda comentou:

– Notei o nome completo do Dr. Antônio no crachá de identificação. Na verdade, ele vem de uma família tradicional de muitas posses...

– Oh, pelo amor de Deus, Imelda, você só bateu o olho no rapaz! Como você pode ter notado uma coisa dessa? – perguntou Nana, cada vez mais cansada – agora, você quer tirar vantagem da minha situação e arranjar namorado rico para Alexia?

Imelda não gostou nada da irritação de sua mãe. Ela disfarçou seu constrangimento com um comentário superficial:

– Ninguém é de ferro! Se eu fosse menina, tirava vantagem da oportunidade de conhecer um rapaz tão bonito e tão bom partido. Qual é o problema?

Nana não estava acostumada com tanta sinceridade. Era como se ela não tivesse nada a perder. Minha avó já tinha passado por muita coisa. Então ela continuou a falar:

– Você já não tem dinheiro suficiente? Todas aquelas fazendas, casas, apartamentos luxuosos... sinceramente, Imelda, nunca vou te entender.

– Oh, Nana, não fique brava! – implorei.

A porta se abriu rapidamente e uma enfermeira disse:

– Hora do banho, senhorita...

Tia Imelda e eu fomos para o café.

– E aí, cadê sua mãe? – ela me perguntou sem rodeios, assim que nos sentamos à mesa, com nossos *cappuccinos*.

– Ela tem uma reunião com um novo cliente, então eu peguei um táxi sozinha. Eu queria muito ficar com Nana...

– Sim, querida, eu sei. Você sempre foi tão apegada a ela... Ela não parava de mexer na corrente de ouro.

– Sua mãe me disse que você adora Dublin, é verdade mesmo?

– Acho que sim – falei cautelosamente, sem saber qual era o objetivo dela. Sempre havia algo por trás nas falas de Imelda.

– Eu devia mandar Alexia para passar um tempo contigo... ela precisa de uma boa educação. Só pensa em festas, compras, redes sociais...

– Achei que ela ia prestar vestibular este ano... – falei com cautela.

– Deveria, mas ainda nem decidiu o que quer fazer... vocês duas devem ser amigas, pelo menos nas redes sociais... Ela é só um pouquinho mais nova que você. É bom ter uma prima da sua idade, não é?

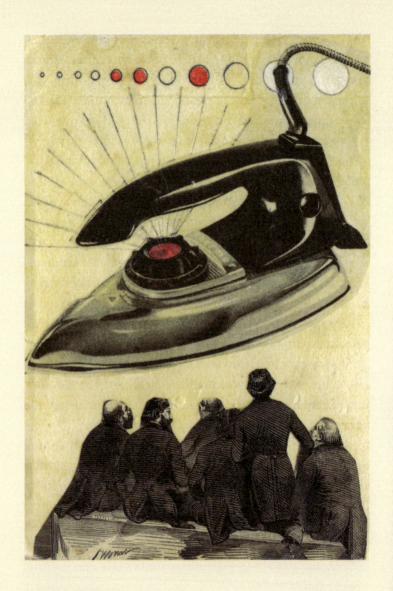

**"Ninguém é de ferro"**...
Brianna fez essa irônica colagem como resposta ao oportunismo e à falta de consideração de sua tia Imelda durante a visita no hospital. Depois ela mostrou seu trabalho a Maureen que perguntou: "O ferro por acaso representa Alexia? E, em tom de brincadeira, disse: "Que homem lindo é esse tal de Dr. Antônio, hein?

Não tive a chance de responder porque Imelda continuou falando, com todo aquele ímpeto. Nana Maureen estava certa.

Ela continuou delicadamente bebendo seu *cappuccino* enquanto falava pelos cotovelos:

– De fato, se tu tiveres tempo antes de voltar à Irlanda, vá a Porto Alegre, depois tu passa um tempo na fazenda. É tão lindo... tu iria amar os Pampas.

– Para ser sincera, acho que não vai dar tempo, tia Imelda. Tenho que voltar para a faculdade, mas, puxa, eu adoraria viajar aos Pampas quando puder, obrigada por perguntar.

Voltamos ao quarto de Nana, mas ela estava dormindo, então fomos embora. Tia Imelda voltou para o hotel e eu fui para casa.

– Por que você não convidou tia Imelda para ficar aqui? – perguntei para mamãe.

Ela suspirou, mexendo seus olhos e buscando as palavras.

– O fato, querida, é que Imelda e eu... bem, a gente realmente não se dá bem. É uma longa história, querida... deixa para outra hora.

Mamãe saiu da sala de jantar como costumava fazer quando se tratava de falar sobre algo difícil. Na manhã seguinte, acordei com uma notícia maravilhosa: Nana Maureen teria alta e iria para casa!

*Brianna*

1961

# Jurada de vingança
## Rio Grande do Sul, 1961

Eu sabia que estava grávida.

Meus gostos estavam mudando, meus pensamentos, meus sentidos, meus sentimentos e mesmo meus sonhos.

Dormi profundamente depois que tia Marie saiu do quarto. Um sono sem sonhos. Quando acordei, estava com fome. Quanto de fome? Tinha jantado muito na noite anterior e ainda repeti, mas me sentia fraca. Pulei da cama e notei a beleza do sol da manhã. As cores sutis e inconstantes, sombras agitadas sobre a grama, ouvia a conversa dos macacos e dos papagaios. Eles cantam quando estão felizes, assim como nós humanos cantamos no banho de manhã. As músicas estão sempre mudando, de gorgolejos e trinados a gritos e assobios. Ouvia ainda outros animais da floresta ao longe. A cacofonia dos sons era melodiosa e bem-vinda.

Então Ayo entrou no jardim montando seu cavalo. Tranças longas e escuras, seus movimentos eram elegantes e naturais. Respirei fundo e a felicidade encheu meu coração.

Sim, eu estava grávida.

Eu podia imaginar meu filho crescendo, amando a floresta, um ser pequeno, forte, sábio e saudável. Uma alma livre. Saber que é humano significa compartilhar espaço com muitos outros seres, aprender a falar em diferentes idiomas, um filho do sol...

– Por que, Marie? Por que você me traiu?

Os gritos eram tão altos, violentos... eles invadiram minha paz com enorme força. Demorou alguns segundos para eu reconhecer que essa era mesmo a voz de Sérgio.

– Pensei que eu era como um filho para você! Foi tudo uma mentira estúpida! Eu devia saber! Por que você amaria alguém como eu? Nascido e criado no campo, longe dessa sua tal de ilha mágica.

Eu me vesti rapidamente e estava prestes a sair do meu quarto quando Abeje entrou correndo:

– Psiu... fique quieta.

– O que está acontecendo? – gesticulei com as mãos.

– Sérgio descobriu sua amizade com Brian. Ele tem espiões por todo canto...

Senti náusea, fiquei tão enjoada que fui até a janela e vomitei. Os gritos continuaram. Eu não conseguia ouvir as respostas de tia Marie, mas sua voz se elevou entre os soluços.

– Sérgio, por favor, pare, eu imploro a você... por favor, acalme-se.

– Onde ela está? Diga para ela vir aqui!

Abeje limpou meu rosto suado com uma flanela molhada.

– Eu realmente deveria falar com ele... – disse.

– Não! Por favor, não, não, não... você não deve vê-lo enquanto ele estiver alterado assim...

Passei por Abeje e corri para a sala, meu rosto ardia.

Os belos traços de Sérgio estavam agora retorcidos de raiva. Sua voz estava esganiçada e enfurecida. Ele segurava um chicote longo e preto na mão e, enquanto rugia, batia nos belos vasos florais da tia Marie, derrubando-os violentamente no chão.

– Pare! – gritei – pare imediatamente. Você está louco?!

– Ah, aí está meu amor!

Um sorriso desconhecido apareceu em seu rosto quando ele olhou para mim. Ele ficou sem palavras por alguns segundos, apenas olhando inexpressivo para mim. Não conseguia me mexer nem falar, com medo das consequências que minhas palavras ou ações, por mais cuidadosas, pudessem causar. Meu bebê era minha prioridade agora.

Senti pena dele. Esse sentimento me atingiu inesperadamente. Eu o vi como uma criança grande e indefesa. Instintivamente, cobri meu estômago com as duas mãos. Ele notou meu gesto.

– Ah! Maureen! Você é minha agora! Mais do que nunca! Vem aqui, querida!

– Nunca! – eu gritei, mal reconhecendo minha própria voz.

Tia Marie deu um salto à frente e se colocou entre mim e Sérgio. Sua coragem superava qualquer fragilidade que ela pudesse ter.

– Deixe minha menina em paz, Sérgio! – ela gritou. – Você não pode invadir minha casa e tentar sequestrar minha sobrinha! Ela não é sua propriedade. Por favor, vá embora agora... Podemos conversar depois.

Sérgio bateu o chicote no chão, o rosto coberto de suor e raiva, os olhos escuros inchados, o pescoço estourado por veias azuis.

– Nunca – ele gritou, dando um passo em minha direção. Tia Marie me abraçou forte.

– Escute aqui, Sérgio! Você não vai levá-la, entendeu? Nem passando por cima do meu cadáver.

Tia Marie gritava. Tremendo, exausta. Parecia que ela ia desmaiar.

Comecei a chorar. Abeje veio correndo. Ela nos segurou com força. Estremeci quando senti uma rajada de ar bater nas minhas costas. Eu me virei bem a tempo de ver Ayo correndo em direção a Sérgio. Ayo agiu tão rapidamente que meus olhos não pegaram seus movimentos nem minha mente captou a velocidade de seu golpe de guerreira. Em segundos, Sérgio ficou desconcertado. Ayo segurou os dois braços dele atrás das costas.

– Está na hora de ir embora, senhor! – ela disse calmamente.

Sérgio levantou-se, espanou as calças e pegou seu chapéu e seu chicote. E partiu com uma promessa ameaçadora:

– Vou me vingar. Não importa como. Este não é o fim... vocês verão... todos vocês...

*Maureen*

## **Uma espécie de ousadia**
*São Paulo, 2019*

No fim da manhã, meus pais estavam no escritório. Eles me disseram que me encontrariam por volta das 2 horas no hospital. Então eu tive que chegar primeiro para ajudar Nana a fazer as malas e me preparar para voltar para casa. Ela estava muito bonita quando a encontrei, sorrindo, contando piadas, encantando todas as enfermeiras. Maureen sendo Maureen.
– Brianna, querida – disse ela – você se importaria de descer e pegar um café preto forte? Estou morrendo de vontade de tomar um!
Peguei o elevador, tentando não parecer tão feliz. Afinal, era um hospital, pensei comigo mesma, onde nem todo mundo recebe boas notícias. Vi pessoas com rostos tristes e cansados, vindo visitar parentes e conhecidos, sem saber bem seu destino.
O café era surpreendentemente aconchegante para um hospital, embora estivesse bastante cheio devido à hora do almoço. Uma multidão. Peguei um *cappuccino* e um expresso forte para Nana. As paredes amarelas do sol iluminavam os jardins do hospital. Senti um ar de alegria.

Então esbarrei nele novamente na fila para tomar café, o Dr. Antônio.

– Você parece contente – ele sorriu calorosamente.

– Sim, estou. Queria lhe agradecer! Maureen definitivamente te ama!

– Ah, eu também me apaixonei por ela – disse ele em tom amável – devo confessar que foi um caso muito incomum e desafiador. Nunca conheci alguém que falasse gaélico antes, certeza. Tem um som bonito e fico muito feliz por ela ter recuperado a memória e que esteja bem para voltar para casa.

E adicionou:

– Adoraria conhecer melhor sua família.

Acho que bateu uma espécie de ousadia e, em uma fração de segundos, ele completou:

– E, é claro, conhecer você...

– Eu?

– Maureen me falou muito de você. Eu queria te conhecer. Quase nunca faço amizade com meus pacientes, mas Maureen é diferente... eu sempre soube da loja de produtos orgânicos dela, Beo Fada, e, claro, do famoso *pub* Freedom Corner...

– Bem, você pode nos visitar a hora que quiser! – falei – eu costumava ajudar Nana Maureen com a loja e até trabalhei como garçonete no *pub* pouco antes de partir para a Irlanda...

– Puxa, eu adoraria – disse ele.

Senti certa timidez, estava feliz e envergonhada, um milhão de emoções invadiram meu coração. Ele sorriu como se pudesse notar cada uma delas. Peguei o café dela e pedi licença.

– Preciso levar isso para minha vó antes que esfrie.

– Claro – ele disse.

– Parece que você tem um segredo! – disse Nana assim que voltei.

– Ah, pare de ser bisbilhoteira! – e sorri.

– Você ouviu as boas-novas? Estou pronta pra ir pra casa!

– Sim, e tenho a honra de te levar pra casa!

As enfermeiras entraram. Tia Imelda chegou com minha mãe. Fiquei o dia inteiro pensando em Antônio. Devia agradecer a ele de novo? Devia me despedir dele? Quando já estava prestes a deixar uma mensagem para ele, meu telefone vibrou. Era uma mensagem de Davey, então saí da sala para lê-la sozinha:

"Ei querida, como está sua Nana Maureen? Olha, nós precisamos conversar, tem coisas acontecendo aqui e preciso falar contigo a respeito...".

Respondi dizendo que ligaria mais tarde e que estava saindo do hospital, levando Maureen para casa. Coloquei o telefone de volta na minha bolsa. Decidi não entrar em contato com Antônio. Estava me sentindo muito culpada e envergonhada por ter me atraído por ele e tudo o mais... agora tudo o que eu queria era ir para casa e ficar com minha Nana Maureen. Tarde demais, ele estava na porta do quarto.

– Olá, Maureen, feliz por nos deixar? – ele perguntou.

– Estou mesmo – ela disse – mas não se preocupe, vou sentir sua falta. Queria muito lhe agradecer por ter cuidado tão bem de mim.

O sorriso de Antônio foi meio tímido.

– Esse é o meu trabalho – ele disse, com ainda mais charme do que o habitual.

Seguiu-se aquele momento de silêncio constrangedor, mas Nana virou e disse para mim:

– Brianna, o Dr. Antônio me disse que gostaria muito de tomar um pint no The Freedom Corner. Por que você não leva ele lá?

E antes que eu pudesse responder:

– Ah, eu adoraria – ele disse e acrescentou – Brianna, se importaria de me dar seu telefone? Vamos manter contato.

Concordei, sabendo o tempo todo que adentrava um território perigoso.

Mas como? – eu pensei comigo mesma. Por que estaria em perigo com um médico jovem, generoso e gato? Ele não era o exemplo de alguém gentil e confiável? Minha cabeça deu uma viajada. Outra noite sem dormir, pelo jeito.

Minha vida toda eu sempre amei a casa de Nana Maureen.E lá estava eu novamente, sentada em seu sofá confortável de veludo, cercada por seus gatos, olhando para o quintal através das portas de vidro. As ervas e plantas floresciam em polvorosa pelos vasos.

Meu telefone tocou. Uma mensagem misteriosa de Davey: "vai em frente, põe pra tocar!"

E assim o fiz e toquei. A voz suave de Davey tocava aquele violão, numa melodia cativante. Fechei os olhos e me imaginei andando pela praia, meus braços abertos... em algum cavalo místico de um sonho, com os dedos invisíveis do vento penteando meus cabelos.

– Essa música é incrível – falei em voz alta para mim mesma.

Nana Maureen veio e sentou-se ao meu lado no sofá. Ela fechou os olhos e cantarolou junto.

– Então este é o famoso Davey? Seu amado músico? – ela perguntou, com os olhos ainda fechados.

– Sim... ele mesmo, Nana.

– Ah, agora eu entendo por que você não se apaixonou pelo belo médico – disse ela com malícia.

– Por quê? Eu devia ter me apaixonado? – perguntei.

– Bem, todas as enfermeiras do hospital são apaixonadas por ele... e, claro, Imelda tentou fazer um arranjo para Alexia!

Eu não disse nada. Se o fizesse, interromperia o fluxo de informações que poderiam ser bem reveladoras.

– Então, esse seu trovador... quando vou poder vê-lo? – ela piscou.

– Oh, Nana... Davey não pode vir ao Brasil, pelo menos não agora...

– Bem, se a montanha não vai a Maomé, como se diz, então Maomé vai à montanha...

– O que você quer dizer?

E eu sabia exatamente o que ela queria dizer. Ela sorriu, toda irônica.

– Nana...?

– Bem... eu tenho sonhado com Dublin desde que melhorei. Ah, o cheiro do Liffey, o lúpulo da Guinness, a chuva no Phoenix Park... o chá, o chá de verdade... Barry's Gold Blend.

– Vamos, Nana! Vamos logo! Eu ia amar se você fosse comigo, ia amar muito! Connie vai adorar você! Estou tão feliz de você estar cem por cento recuperada!

– Bem, cem por cento não estou, estou me sentindo bem cansada desde que saí do hospital...

– Você estará de pé rapidamente, Nana... acabou de voltar para casa.

– É... quem sabe? – ela disse resignada, beijando meu cabelo. O telefone vibrou. Mensagem de Antônio:

"Freedom Corner? 20h? Pode ser?".

– Bem, acho que o melhor para lhe dar uma resposta seria o Dr. Antônio, certo?'

Maureen só sorriu e não fez mais nenhum comentário.

– Nana... eu só disse...

– Eu sei, querida... a vida às vezes intriga... concorda?

Ela voltou para o quarto, movendo-se mais lentamente que o habitual. Lembrei-me da agilidade dela ao andar pela casa antes. Senti falta dessa energia, mas disse a mim mesma que ela se recuperaria em breve e peguei meu telefone para responder aos dois.

Ao abrir a porta do *pub*, percebi que nunca tinha ido lá como cliente. Arrumei meu cabelo para parecer mais descontraída e estava usando um vestido que comprei em Dublin. Tinha um pássaro estampado, bem descontraído, com um decote baixo, *sexy*, mas sem sedução. O batom tinha um tom mais escuro e o perfume peguei emprestado de Maureen – uma nota de lavanda com base de almíscar. Sorri para mim mesma. Eu sabia que estava radiante e muito cheirosa.

Tinha trabalhado como garçonete no Freedom Corner muitas vezes já e adorava. Eu estava acostumada a entrar pela porta dos fundos, no entanto, me apressando até a cozinha, mas hoje fui como cliente, uma garota à espera de um encontro.

Uma vez, naquela época, um cliente muito gente fina me disse uma vez:

– Seu vô não devia ter dado ao *pub* o nome de Freedom Corner.

– Por quê? – perguntei incrédula enquanto servia a cerveja dele. – Você não se sente livre aqui?

– Sim, me sinto. E é esse exatamente o ponto – ele disse – eu me sinto totalmente livre aqui, fiquei um fanático por liberdade! Venho umas três vezes por semana...

Memórias inundaram minha mente.

Abeje servia atrás do balcão. Fiquei maravilhada com o porte e a beleza natural dela. Ela usava dois colares compridos de contas, um vermelho e o outro branco. Sorrimos e acenamos uma à outra.

Eu teria atravessado o salão para cumprimentá-la direito, mas outra pessoa já acenava para mim também: o Dr. Antônio. Dessa vez, é claro, ele não estava vestindo seu uniforme de hospital, apenas *jeans* azul-escuro e uma camisa polo branca. Levantou-se da cadeira para me cumprimentar. Fui na direção dele, percebendo a música, as risadas, feliz por estar de volta a um dos meus lugares favoritos.

Então recebi um abraço forte e tranquilizador: Ayo. Eu a abracei também, envolvida na força daqueles braços. Suas longas tranças negras acariciaram meu rosto.

Apresentei as gêmeas a Antônio.

– Antônio, quero que você conheça Abeje e Ayo... minhas madrinhas, elas administram o Freedom Corner há anos...

– Demais conhecer vocês – Antônio cumprimentou-os com charme e naturalidade.

Ficamos todos na mesa dele.

– Preparei alguns acarajés para você, querida – disse Abeje acariciando meu cabelo – ou prefere comida irlandesa?

– Uau! – disse Antônio, comida baiana e irlandesa! As duas coisas!

Abeje já tinha começado a preparar nossos pratos. Ayo saiu da mesa, por timidez, acho, e provavelmente pela sensação de que estava se intrometendo no nosso encontro.

Depois que ela saiu, comecei a falar pelos cotovelos. Antônio parecia calmo e relaxado, ficava só me ouvindo. Babélica, eu preenchia todos os momentos de silêncio.

– Abeje e Ayo são do Rio Grande do Sul, não da Bahia – eu disse – embora o acarajé de Abeje seja realmente dos melhores. Elas nasceram em uma comunidade quilombola do Rio Grande do Sul.

– Notei que elas não são idênticas – acrescentou Antônio.

– Não, nem um pouco! Ayo é alta e bem forte, uma guerreira mesmo e uma verdadeira mestre de capoeira... e Abeje é miudinha, adora bordar, cozinhar e, claro, ela tem a magia...

– Elas parecem mesmo maravilhosas – disse Antônio – não é à toa que você é escritora, deve ter mil histórias te circulando, falando com você, desde que era pequena...

– Sim, de fato é ensurdecedor... – concordei com ele – mas escrever não é só contar histórias, sabe, eu tento transmitir os significados ocultos e intrincados em cada uma das minhas narrativas... se eu escrevesse sobre as gêmeas, por exemplo, teria que mencionar os movimentos suaves do balanço da pantera-negra de Ayo, suas saias vermelhas rodando, seu colar de contas azuis escuras, suas unhas longas e vermelhas e os olhos doces e acolhedores de Abeje...

– Ah, você é uma verdadeira romântica... – ele disse, sorvendo sua cerveja gelada.

Eu estava prestes a perguntar a Antônio o motivo de ele ter virado médico quando Abeje veio com nossa comida. E, de repente, ouvimos uma barulheira daquelas.

Alguém jogou um copo contra a porta da frente. Antônio rapidamente se levantou da cadeira. Eu estava em choque.

O Freedom Corner era famoso por ter clientes de todas as idades, de todas as esferas, tinha uma atmosfera musical e pacífica. Nunca houvera um incidente violento no *pub* antes.

Então eu vi no canto oposto quem eram os caras. Uma mesa com quatro jovens brutais, boçais, *jeans* justos, abdomens sarados, camisetas curtinhas e cabelos curtos, topetes com gel.

Não havia copos vazios na mesa, apenas garrafas de cerveja cheias. Na verdade, eles não pareciam sequer estar bêbados.

Antônio disse:

– Fique aqui, Brianna, coisas estúpidas como essas estão acontecendo ultimamente... acho que eles só querem brigar... vou tentar acalmar as coisas...

Em seguida disse em voz alta:

– Está tudo bem? Alguém aqui se machucou?

Antônio olhou ao redor para ver se havia alguma emergência, uma pessoa machucada. Corri para ficar ao lado dele.

Foi quando vi que não havia copo vazio na mesa dos imbecis, só garrafas cheias de cerveja. Eles não pareciam estar bêbados e tinham derrubado a grande bandeja de cobre onde Abeje deixava seus vasos de flores ao lado de seus orixás em miniatura. Os vasos tinham se quebrado, havia água e flores por toda a parte, os orixás estavam espalhados pelo assoalho.

– Vocês fizeram isso de propósito? – perguntou Antônio.

Mas Ayo já estava ali na mesa deles.

Reparei quando ela tensionou os músculos de seus belos braços bem torneados e os olhos dela se focaram, tão frios agora, como se pertencessem a uma pantera pronta para o ataque.

O mais alto e gordo entre os caras ficou de pé, empinando o peito diante de Ayo, encarando-a e rindo. Três amigos dele o cercaram e os quatro fecharam um círculo. Antônio se aproximou e os encarou de volta, depois lhes perguntou em voz baixa:

– Vocês não tem respeito, não é?

– Não...

Depois, o mais pesadão deles deu um passo à frente para ficar cara a cara com Antônio. Achei que eles iam começar a empurrar-se, então, instintivamente, entrei no meio, arranquei fora os sapatos e já fui dizendo:

– Se vai ter briga, eu tô dentro...

Os quatro caíram na gargalhada. Antônio olhou bem para mim com cara de quem levou o maior susto. Ayo rapidamente deu uma rasteira no mais alto, deu uma voadora sobre o outro e derrubou o terceiro já lhe aplicando uma gravata.

Senti um calafrio percorrendo meu corpo, como se um vento tivesse atravessado a sala. Eu poderia estar enganada, mas tenho quase certeza de que vi três garrafas de cerveja caindo sobre a mesa dos caras, do nada, derramando o líquido todo pelo chão.

Ouvi Abeje gritar atrás de mim:

– Eparrey, Oya!

Eu sabia que ela estava pedindo a proteção de Yansã, a deusa do vento. Repeti as mesmas palavras para mim mesma e ouvi Ayo dizer o chamado também, ainda mantendo o sujeito no chão.

Antônio chegou perto dele e perguntou:

– Vocês não acham que deveriam pagar a conta e cair fora?

Ele parecia alguém acostumado a situações de vida e morte, sua voz era suave e forte ao mesmo tempo.

Ayo soltou o pescoço do homem. O sujeito começou a ofegar e tossir.

– Querem ter uma conversa em particular ali fora? Vai ser só um minutinho... – Ayo perguntou a eles.

Lá estava ela. Ayo. Lado a lado com Antônio. Ambos da mesma altura. Os dois bem em frente à mesa. Algo nos movimentos suaves de Ayo e em sua voz baixa e confiante parecia transmitir aos quatro homens uma mensagem séria e intencional. O olhar e a voz forte de Antônio também pareciam intimidá-los.

Gosto de pensar que talvez também os tenha afugentado. Sempre pratiquei capoeira, desde bem pequena. De repente, eu não era mais Brianna, a tímida, mas a melhor aluna de Ayo. Todos esses anos de treino me deram confiança em situações de disputa e eu me divertia pensando que os cretinos nunca poderiam ter adivinhado minha perícia de lutadora só de olhar para mim, rindo e batendo papo com Antônio.

Ainda descalça eu perguntei:

– Vamos nessa?

Um suor quente brotou em suas testas, o medo se espalhava por seus rostos. Eles jogaram uma nota de cem reais sobre a mesa e saíram rapidamente.

Abeje começou a bater palmas e cantar a música de Oya e Ayo disse apenas:

– Bebidas por conta da casa!

A música e a dança transformaram tudo, de uma cena de horror a uma cena de alegre celebração. Mas em nenhum momento o incidente foi esquecido.

Antônio tomou umas cervejas, jantamos e cantamos alegremente juntos canções de Rory Gallagher.

Depois de um tempo, pedi a ele que me levasse para casa. Eu queria estar perto de Nana agora. No caminho para casa, ficamos em um silêncio confortável. Ele ligou o rádio e eu senti um calmo aconchego.

– Diga a Maureen que ela pode me ligar a hora que quiser – ele disse enquanto eu saía do carro.

– Valeu! Vou falar pra ela! Você foi demais hoje!

– E você foi surpreendente! Você também pode me ligar quando quiser, claro, mas isso você já sabia, né? – ele piscou e me deu um daqueles seus sorrisos hipnotizantes. Ele esperou eu fechar o portão e entrar em casa. Fechei a porta e ouvi o carro dele sair.

Ao atravessar o corredor, ouvi Nana Maureen.

– Está tudo bem, Brianna? Eu tive um pesadelo bizarro.

– Tudo bem, sim, Nana... está tudo bem...

Fui para o quarto, me sentindo culpada por um monte de coisas. Chequei o telefone e, é claro, várias mensagens de Davey:

"Por favor, Brianna, me liga. Preciso muito falar com você".

Mas eu precisava de uma noite de sono para conseguir falar com ele. Davey é um artista, ele é sensível demais. Nunca mentimos um para o outro, ele até adivinharia que eu estive com alguém agora. Desliguei o telefone e tentei dormir um pouco.

Acordei de manhã e desci as escadas. Eu podia sentir o cheiro do pão no forno, Nana preparava o café da manhã.

– Fiquei sabendo dos idiotas de ontem à noite – disse, servindo-me uma xícara de café.

– Como?

– Abeje me contou agora há pouco.

– Isso acontece sempre, Nana?

– Não. Só antigamente, no começo, naquela época... logo quando abrimos o *pub*. Sabe, em São Paulo, no início dos anos 1970, parecia haver um território tácito... digo, todo restaurante, todo bar pertencia a um certo tipo de cliente. Tudo era muito organizado do ponto de vista social. No entanto, o Freedom Corner era aberto a todo mundo. Tínhamos os antigos clientes místicos que moravam na esquina, aqueles que adoravam vir falar sobre elfos, auras, crenças orientais confusas e, é claro, mitos e lendas irlandesas. Os jovens vieram pelo *rock* irlandês, mas as famílias também gostavam dos Traditionals, nossa banda de música irlandesa que tocava ao vivo. Havia muitos estudantes universitários e muitos amigos de Abeje e Ayo...

– Isso mudou?

– Bem, alguns clientes envelheceram, mas trouxeram seus filhos e netos... ainda temos muitos frequentadores... mas a violência está crescendo em São Paulo e, infelizmente, eu testemunhei isso novamente nos últimos meses. Por isso, senti que teríamos problemas novamente...

– Você acha que esses sujeitos voltarão? – perguntei.

– Não, acho que não, querida, não voltam...

– Como você pode ter tanta certeza? – perguntei, tomando minha segunda xícara de café.

– Por causa das gêmeas, talvez.

– É, elas tem uma magia, né? – eu disse.

– Veja só, a mãe deles, Adesia, era uma mãe de santo – explicou Nana – ela era tão poderosa que às vezes sinto que Abeje herdou alguns de seus passos. Pouco antes de sua morte, ela chamou nós três, Abeje, Ayo e eu. Ela nos disse que ficaríamos muito próximas e que deveríamos sempre tentar nos proteger. Depois, orou aos orixás e, após esse longo ritual, disse que nossos corpos estavam fechados contra qualquer violência.

– Talvez essa seja a razão pela qual você sobreviveu a um acidente tão horrível...

– Talvez... mas não importa se foi um tipo prático de mágica, que produziu "efeitos reais", seu amor era realmente o escudo mais forte de todos os tempos. A questão é que, por muitos e muitos anos, havia apenas paz à nossa volta.

Não tivemos que sobreviver a nada. Agora, o perigo parece pairar...

– Oh, não diga isso, Nana, você acabou de dizer que os cretinos não voltarão.

– Ah, não, eles não... eu não estava falando deles...

Ajudei Nana com a louça e não disse mais nada. Não queria incomodá-la durante sua recuperação, mas sabia, no fundo, que algo não tinha sido dito.

Respirei fundo e decidi ligar para Davey, mas quando fui para o meu quarto e liguei meu telefone, havia uma mensagem de Antônio:

"Você quer ir comigo à praia?".

Por que eu respondi "eu adoraria"? Curiosidade? Rebeldia? Medo de contar a verdade para o Davey? Tudo o que sei é que, 2 horas depois, estava no carro do Antônio, a caminho da praia, apreciando as belas paisagens da Mata Atlântica ao longo do caminho.

*Brianna*

## "Sim"
### Rio Grande do Sul, 1960

Lua cheia. Apenas dois dias antes do meu casamento.

Por que aceitei a proposta de Sérgio contra o conselho de tia Marie? Contra a sabedoria de Abeje? Contra meus sentimentos apaixonados e sempre crescentes por Brian?

É possível viver harmoniosamente com seu único amor? O que mais me assustou? Minha dúvida? A gravidez? O casamento? A vontade de pegar a estrada? Um milhão de pensamentos, todos atormentados.

Fiz uma longa caminhada sozinha, estava ventando muito naquele fim de tarde. Talvez o vento sussurrasse as respostas aos meus ouvidos atentos e ao meu coração aberto.

Sentei-me no lago, exatamente onde Sérgio e eu fizemos amor. Um lugar encantado. Era lindo e comecei a me perdoar um pouco por ter sido tão imprudente e ingênua. Fechei os olhos, tentando recuperar cada minuto da nossa última conversa. Sérgio chorando, implorando perdão depois de ter sido tão horrendo com tia Marie e Abeje. Sérgio me prometeu que realmente mudaria.

– Eu serei um novo homem agora, Maureen – disse ele – tendo você como minha mulher amada e nosso bebê. Eu posso te fazer feliz, eu sei disso! Nascemos um para o outro. Por favor, diz que sim. Não posso viver sem você.

– Tudo mentira? Loucura? Covardia minha? Eu disse sim...

E, claro, meus pais, que eu tinha que levar em conta. Como eu ia explicar para eles que tinha feito amor com um homem e logo depois me apaixonei perdidamente por outro? Tia Marie me garantiu que cuidaria de mim e de meu bebê. Abeje chorou e me disse que Sérgio era um homem violento, mas, novamente escolhi não dar ouvidos a ninguém. Sérgio realmente ia mudar, ele me prometeu. Eu acreditei nele. Ele merecia uma chance.

Sentada à beira do rio, o mesmo rio onde fiz amor pela primeira vez na minha vida, me senti poderosa, no controle da situação. Sérgio mudaria definitivamente, seríamos felizes juntos. Eu estabeleceria minhas raízes nesta terra linda e esqueceria Brian de vez.

Ele provavelmente ia pegar sua moto e voltar para a estrada. Sérgio era a segurança. Eu ia sonhar para sempre com Brian, mas na vida real Sérgio era a escolha certa. Envelheceríamos juntos, pacificamente, cercados por nossos filhos, minha família, tia Marie e Abeje. Eu ficaria satisfeita, talvez não de um jeito efusivo como nos filmes... mas, ainda assim, feliz.

Riríamos da vez em que Sérgio tentou me raptar com o chicote. Seria uma anedota engraçada para contar aos nossos netos. Não precisávamos mencionar os vasos quebrados.

A vida teria um significado, meus pais ficariam contentes. Mas lágrimas repentinas, inesperadas e totalmente indesejadas brotaram e correram pelo meu rosto. O vento parecia sussurrar a voz de Brian no meu ouvido e eu o ouvi dizer:

– A felicidade consiste em perceber que tudo não passa de um grande e estranho sonho – Jack Kerouac, claro.

Arrepios percorriam minha espinha. Eu tinha pavor de ficar atada a uma ilusão, a um pesadelo... mas já era tarde demais, tarde demais agora.

Maureen perguntou-se como retratar visualmente a loucura. Ela achou necessário pelo menos tentar expressar a essência da loucura no papel.

Tia Marie cansou de me alertar contra as manipulações do Sérgio. Ela me disse que primeiro entraríamos na fase da lua de mel, que eu ganharia afeto, demonstrações públicas de carinho – ela me explicou, gestos gentis, muitos presentes...

Tudo, porém, não passaria de uma estratégia de dominação e controle da parte dele. Mas eu não queria nem saber, detestava ter que ouvir aqueles conselhos.

– O Sérgio vai descobrir bem rapidinho o que fazer para te intimidar quando tu estiver em dúvida, como está agora, na véspera do casamento, e ele te seduzirá da melhor maneira que puder. Mas depois, com o tempo, tu terá que te adaptar a todos os desejos dele, até que tua vontade desapareça e morra dentro de ti.

Verdade é que ele me seduzia mesmo, era como se eu estivesse enfeitiçada. Amei e detestei titia naquele momento. Como eu queria que ela estivesse totalmente enganada...

*Maureen*

## Entre o céu e a terra
*Barra do Sahy, 2019*

Quando Antônio abriu as janelas da sua casa de praia, eu não consegui amortecer minhas emoções. A água azul do mar brilhava do lado de fora daquela vasta extensão de janelas de vidro, a brisa suave, o morno pôr do sol. Afundei-me em um dos exuberantes sofás brancos. Joguei uma almofada em Antônio e ele me mandou um beijo da cozinha, onde estava preparando coisinhas para a gente comer. Olhei em volta os objetos caros: vasos, obras de arte, enfeites. Eu queria ficar ali para sempre. Ele me ofereceu um chá gelado em uma taça de champanhe de cristal e um sanduíche de queijo *brie* e presunto parma.

– Vamos nadar antes que anoiteça!

Eu já estava de biquíni, então só tive que tirar a roupa e correr rumo às ondas.

– Espera aí! – ele disse enquanto foi trocar de roupa.

Mal podia esperar, é claro, tudo era muito atraente. Antônio mergulhou contra as ondas, eu já estava nadando mais adiante. Ele me seguiu sob as águas cristalinas e nos abraçamos, rindo. Quando nos beijamos, senti seus lábios salgados, abraçando-o com força, sentindo meu coração inchar em uma ternura tenra. Depois fomos para casa e fizemos amor no sofá.

Estava me sentindo estranhamente quieta e em paz. Não havia necessidade de sair desta bela casa. Antônio trouxe o básico: pão, queijo, fruta e vinho. Jantamos, o mar tocava sua trilha sonora natural. Fomos para a cama e fizemos amor outra vez.

O sol nasceu de novo.

Depois de uma breve xícara de café e uns biscoitinhos, fomos à praia. Raios macios de sol brilhavam na areia molhada.

– Olha aqui! Uma estrela-do-mar. Toma.

Ele me entregou uma estrela-do-mar grande e delicada que pegou na areia.

Segurei-a em minhas mãos abertas, beijei-a com ternura e a coloquei de volta na areia molhada. Estava escrito na minha cara.

– Você não gosta? Desculpa! Eu sempre fui fascinado por estrelas-do-mar! Eu até colecionava quando era pequeno!

– Desculpe te magoar, Antônio, mas não se deve aceitar presentes de Iemanjá.

– Ah, claro, a lendária Iemanjá, a bela deusa do mar das lendas negras... – seu tom era um tanto zombeteiro.

Ele sentou-se em uma toalha e secou as costas com a outra.

– Deixa eu te ajudar – eu disse, pegando a toalha dele.

– Você está sendo meio mãe, Brianna, e isso não é nada sedutor.

Fiquei magoada com as palavras dele, mas ainda mais com o brilho cínico em seus olhos e seu sorriso falso.

– Você realmente acredita em todos esses contos de fadas? – ele disse, me zoando.

– Sim, ué, por que não? – respondi prontamente – "Há mais coisas entre o céu e a terra, Horácio, do que sonha a nossa vã filosofia".

- Ah, *Rei Lear*, Shakespeare - disse Antônio, sorrindo maliciosamente.

- Não, *Hamlet* - respondi, envergonhada por minha correção. Eu deveria ter só deixado rolar, naturalmente.

- Meus pais nunca me contaram histórias - ele disse - nem Papai Noel, nem Deus, nem religião, ou o que quer que seja. Em vez disso, só me incentivaram a reverenciar a ciência. A vida como ela é. O fato em si, por assim dizer.

Fez uma pausa e acrescentou:

- Você não tem medo de estar enganada... com todos esses seus fantásticos contos de fadas nessa sua cabeça linda e ruiva?

Eu detestava aquele tom patriarcal.

- Que chato, Antônio, você parece meio defensivo. Eu só falei que sentia muito pela estrela-do-mar... não quis te magoar.

Antônio olhou para o mar. Ficou quieto, quieto demais até... como se estivesse tentando pensar em algo inteligente para dizer. Não me aguentei e disse:

- A felicidade consiste em perceber que tudo é um grande e estranho sonho.

Como ele ainda ficou quieto, prossegui:

- Essa é a citação predileta da Maureen... Jack Kerouac. Que é aliás o escritor que ela mais curte...

Antônio olhou nos meus olhos por alguns segundos quase eternos.

- Você acredita em amor, Brianna? Digo... aquela variedade romântica de contos de fadas?

- Por que a pergunta, Antônio? Você não crê no amor?

- Acho que tanto quanto eu creio em contos de fadas. Não, para ser sincero, acredito em atração sexual, afinidade emocional talvez, relacionamentos fortes e abertos.

– Relacionamentos abertos, hum... – eu disse.

– Sim, claro. Amor significa liberdade, você não acha? O que você acha, Brianna?

– Talvez seja mais sobre o que você acredita, do que o que realmente sente...

– Você está evitando a minha pergunta...

Seus olhos encontraram os meus e eu tremi. Senti raiva, fiquei magoada.

– As pessoas fazem o que querem, Antônio. Mas, pessoalmente, quando amo alguém, quero ficar junto. A vida é curta, o tempo passa muito rápido. As pessoas mudam. Eu só consigo amar uma pessoa de cada vez, qualquer um a mais já complica.

– Ha! Aborreci minha ruivinha! Eu amo esses olhos verdes bravos!

– O que você quer dizer exatamente?

– Está bem. Vamos direto ao ponto...

– Por favor, sinta-se em casa.

– Eu tenho uma namorada, de longa data, Sofia. Ela sabe que estamos aqui, juntos, agora. E ela é muito compreensiva. Ela só quer o melhor para mim... ela me adora, de verdade.

– Ah, isso é mesmo maternal, que legal! – eu disse.

– Por que não partimos deste teu estado de espírito, Brianna? Vamos chamá-lo de amor incondicional.

Levantei-me e deixei Antônio falando sozinho. Corri rumo ao mar e, ao mergulhar no profundo azul-turquesa, me senti idiota, ingênua e deslocada. Perguntei a mim mesma que raios eu estava fazendo ali.

De repente, me senti atada ao mar. Deixei meu corpo flutuar enquanto mirava o céu aberto. Minha alma se tornou um horizonte enorme e agradeci a Iemanjá por aquele oceano, sua sabedoria e seu amor.

Deixei Antônio para trás e pensei nos mitos, celtas, africanos, fossem de onde quer que fossem, todos os contos que expressavam amor e respeito profundos pela natureza. Nadei quilômetros, sentindo-me livre como um golfinho. Eu não era mais uma menina, não tinha mais um nome, nem passado, nem futuro, só vivia o momento, apenas sendo e estando, ali, entre tantos outros seres vivos. A vida como ela é... aqui e agora. Entre o céu, o mar e a terra.

Quando finalmente voltei para a areia, Antônio tentou me beijar novamente.

– Você tá legal? – ele me perguntou, parecendo mais um médico que um namorado.

– Sim, esse mergulho foi imensamente incrível! Valeu por me trazer aqui... jamais esquecerei...

– Saquei... isso parece um ponto final...

– Tá na hora de ir embora, Antônio. Eu preciso ver Maureen agora.

Enquanto tomava banho e arrumava minhas coisas, reparei que havia uma mensagem de voz de 5 minutos de Davey.

Culpa, raiva, perplexidade, milhares de sentimentos dolorosos e conflitantes me mantiveram em silêncio no carro, durante todo o trajeto de volta para São Paulo.

Antônio colocou algum *pop* banal para tocar e evitou qualquer contato visual. Mas, quando estacionamos em frente à casa de Maureen, ele de repente virou e tentou me beijar. E, para minha grande surpresa, disse:

– Quero te ver de novo, Brianna.

*Brianna*

1961

# E as terras? Têm destinos?
## *Rio Grande do Sul, 1961*

– Maureen, abre a porta!

Pulei da cama ao som da voz urgente de Abeje.

Abri a janela e lá estava ela. Toda de branco. Deslumbrante sob um mágico luar.

– Minha mãe está no pomar. Ela diz que precisa te ver, mas não pule pela janela, tenha cuidado. Anda quietinha até a varanda, te encontro lá. Todo mundo está dormindo agora...

Troquei de roupa e coloquei um vestido, calcei as sandálias e caminhei na ponta dos pés pelo amplo chão da sala. Vi Abeje dizendo:

– Psiu, ninguém pode nos ver hoje à noite!

Inalei o delicioso perfume das frutas e das flores. Fiquei um pouco assustada com o pio noturno das corujas, mas a conversa animada dos macacos no topo das mangueiras tornava tudo menos assustador.

Segui os cuidadosos passos de Abeje até encontrarmos Adesina, sua mãe, perto da mata.

– Boa noite! – inclinei-me e beijei suas mãos, do mesmo jeito que vi Brian fazer durante a festa.

Ela sorriu e gentilmente acariciou meu cabelo, acalmando minha ansiedade. Eu estava muito tensa com a reunião de família, com Sérgio e suas intermináveis demandas, depois com todos os exaustivos preparos para o casamento. Tudo aquilo me afetava muito.

– Por favor, sente-se – disse Adesina. Havia um pano enorme, colorido e bordado na grama, cheio de pratinhos brancos com doces e frutas.

Enquanto me sentava, o sentimento de paz e harmonia foi ficando mais intenso. Olhei para cima e vi a lua cheia, respirei fundo, como se pudesse realmente devorá-la e digeri-la. Adesina sorriu e me entregou um prato com bolo de milho. Inclinei-me, agradeci e comi um pouco, fechando os olhos para deixar a doçura dissipar meus medos.

Adesina não jogou os búzios desta vez. Simplesmente disse:

– Tu não deves temer, Maureen. Oxum estará contigo, assim como todos os orixás. Meu amor te acercará e o amor de sua mãe te dará proteção. Ela não está tão feliz com este seu casamento, não é?

Balancei a cabeça e olhei para baixo, tentando conter e esconder minhas lágrimas. Silenciosamente, lembrei-me de quando mamãe me ajudou a provar meu vestido de noiva. Ela colocou a mão sobre minha barriga que crescia e, sem querer, evitou o contato visual. Vi decepção e até mesmo raiva em seus olhos.

– Aqui, querida, come outra fatia – disse Adesina.

Ela esperou silenciosamente que eu terminasse de comer e depois falou:

– Se tua vida se transformar em um furacão, lembre-se: Oya governa os ventos, por mais rápidos que sejam. Tu és filha dela e estarás sempre segura em meio às tempestades. Cremos que toda criança nasce com caminhos traçados, que chamamos de odus – os destinos. Veja, existe o odu da família, como nasceu uma criança? Isso era esperado? O casal estava apaixonado? Os pais acalentaram sonhos para aquele filho? Eles eram ricos, pobres, saudáveis, educados?

– Então, em cada terra é como se existissem caminhos traçados para as crianças? – E as terras, têm destinos? – perguntei a ela.

– Sim, claro. Você veio de outro país, com outros hábitos e costumes, línguas diferentes, então precisa entender o que estou dizendo...

Eu só concordava conforme ela prosseguia.

– Finalmente, os bebês nascem e são escolhidos pelos guardiões da natureza. Cada orixá habita uma história própria e seus temperamentos e jornadas se refletem na criança que escolhem para oferecer proteção. Agora, ouça-me atentamente, Maureen, o verdadeiro segredo é encontrar seu caminho em meio a todas essas possibilidades intrigantes, criar sua jornada e se permitir vivê-la. Nunca tenha medo de escolher, minha querida, nunca...

Fiquei quieta, deixando as lágrimas secarem em meu rosto. Eu lhe dei um longo abraço. Quis permanecer naqueles braços, sentindo o sabor doce daquele bolo de milho para sempre.

Mas ela segurou meu rosto nas mãos e me disse sem rodeios:

– Abeje e minha família não vão ao seu casamento...

Imediatamente me levantei, chocada e assustada com a súbita e dolorosa mudança de assunto.

– Mas Adesina, vocês são meus convidados mais importantes! Meus verdadeiros amigos!

Ela soltou meu rosto e desapareceu na floresta. Abeje chegou perto de mim e disse:

– Não podemos participar do seu casamento, nenhum de nós. Sérgio enviou uma mensagem para nossa comunidade dizendo a todos para ficarmos longe de você. Como você bem sabe, Sérgio e seu pessoal nunca se aproximam de nós, a menos que, é claro, para nos intimidar. Eles nunca nos tratam como iguais, a família dele jamais aceitará nossa cultura, nossos hábitos, nossos orixás, nossa música, nossa comida.

– Mas eu amo vocês todos! Ele sabe disso! Como ele pôde fazer isso? Nas minhas costas? Por quê?

Abeje me pegou pela mão e me levou de volta para casa.

– Brian ainda está conosco, percebe? Ele nunca nos deixou. Ele teme por nossa segurança. Sérgio já ameaçou queimar nossas casas. Veja bem, tia Marie disse ao Sérgio que não é mais amiga dele. Então, depois do casamento, você também não poderá ver sua tia Marie. Você terá uma vida completamente diferente. Uma vida dedicada inteiramente ao Sérgio, à família dele...

*Maureen*

## Quebra-cabeça
*São Paulo, 2019*

Voltei e encontrei Nana deitada no sofá. Dormia profundamente. Observei amorosamente seu rosto cansado e frágil, delicadamente marcado pela idade e constância de seu sorriso. Ela estava dormindo em uma posição estranha. Um livro de poemas pendia em seu colo e uma das pernas estava dependurada de lado. Não tinha nenhum travesseiro para apoiar a cabeça. Gentilmente, eu a chamei.

– Vamos, Nana, vamos para a cama. Não pode dormir assim.

Ajudei-a a caminhar até o quarto, mas, subindo as escadas, fui tomada por uma terrível e perturbadora sensação. Nana não parecia tão forte e firme como antes. Ela voltou a dormir imediatamente. Coloquei-a na cama e desci pra fazer um café.

Finalmente, pude ouvir as mensagens de voz de Davey. E, ah, meu Deus, ele tinha composto uma nova versão da nossa música "The Wind Riders". Em vez de cantarolar, como antes, sua voz cantava como uma harpa divina, uma letra eterna, a tenra voz do vento. Escutei-a várias vezes.

Ele mandou uma mensagem de texto sobre como estava feliz com a energia da música, seu significado e sua composição, combinando com a força do vento. E quando eu li que ele tocaria pela primeira vez em um *show* em Dublin, não consegui conter um grito de alegria. Então parei com a cantoria, para não acordar a pobre Nana.

Após a euforia inicial, rapidamente a alegria se transformou em culpa e estranhamento. Comecei a falar sozinha, como faço sempre que fico nervosa.

Maureen acordou. Eu a ouvi descer as escadas.

– Sua idiota – eu me xingava – ainda por cima acordou Nana.

Ela atravessou a sala e silenciosamente me abraçou, assim como quando eu era uma criança ousada e desobediente. Ela me acalmou.

– Pode contar tudo – ela sorriu – garanto que não ficarei brava.

Não era questão de não confiar em Nana, mas é que eu não estava com vontade de dizer que me sentia fora do lugar, uma idiota mesmo.

– Se você se abrir, me contar seus problemas, eu faço o mesmo.

– O que você quer dizer, Nana? Você tem problemas também... e segredos?

– Vamos colocar desta maneira – disse ela, parando para pensar – você sempre gostou de compartilhar minhas histórias de aventura com seus amigos, não é?

Concordei com a cabeça silenciosamente, ansiosa pelo que estava por vir.

– Desde que você era uma garotinha, né?

– Você não gostava disso? – perguntei, um pouco ferida.

– Imagina, eu adorava... quando você contou a seus amigos que herdou a história de vida de sua Nana, os genes dela, e tudo mais, foi maravilhoso. Você estava orgulhosa de mim e eu estava orgulhosa de você. Mas tá na hora de você compreender muito mais...

Nana me olhou nos olhos:

– Você pode chamá-los de problemas, Brianna, sim. Segredos, paradoxos, tanto faz...

– Certo, Nana, mas isso exige uma xícara forte de chá. Ela sorriu conscientemente e prosseguiu:

– Eu mantive um diário, Brianna, e meu plano sempre era que você fosse a única a herdá-lo e pudesse ler. Não é para os olhos das minhas filhas, mas para os seus. Pensei em Claire e Imelda, mas nós duas somos almas próximas, sempre fomos e para sempre seremos.

Enxuguei as lágrimas. Isso era muito verdade, nunca fui tão próxima de alguém na vida como era de Nana. Mamãe e eu nos damos bem, mas nunca da mesma maneira que Nana e eu.

Nana foi ao seu escritório, destrancou uma gaveta e pegou cuidadosamente uma grande caixa ornamentada, trazendo-a para a mesa como se fosse uma criança recém-nascida. Lentamente, ela abriu e desembrulhou o papel de seda amassado e ali dentro estava seu precioso diário.

Fiquei de cara com a beleza daquilo. A capa era ilustrada com um padrão que combinava arte celta e quilombola.

Dentro havia uma mistura de seus escritos, rabiscos e pinturas. Ela tinha fotografado todas as suas esculturas e tinha colado as fotos dentro do diário. Havia duas anotações manuscritas e algumas, como ela explicou, foram digitadas em sua primeira máquina de escrever, que ganhou de seus pais quando fez 21 anos.

– Era uma Imperial, modelo de 1962 – disse Nana, com o olhar lacrimoso – vinha em uma maleta de couro marrom, era imitação de couro. Eu ainda tenho isso!

Continuamos folheando o diário dela. Era grande, tinha cerca de 30 centímetros por 40. O que eu não conseguia entender era como uma artista autodidata conseguira criar um trabalho tão sofisticado. Perguntei-lhe acerca disso.

– Eu frequentava a biblioteca da Rua Capel e praticamente morei naquele lugar desde os meus 7 anos de idade, quando me permitiram andar sozinha. Fui lá quase todos os dias até meus 19 anos, quando vim para o Brasil.

Nana me perguntou se eu compartilharia meu caderno. Em profundo contraste com o dela, era um caderno barato, cheio de desenhos, escritos, poemas, rabiscos e colagens sem sentido. No entanto, a semelhança de nossos estilos era notável. Não só isso: nós amávamos quase os mesmos movimentos de arte, os mesmos artistas! Conversamos por horas sobre arte, poesia, meninos, amor. Nossa diferença de mais de cinquenta anos era irrelevante.

Estávamos na mesma página da vida. Ela disse que a vida nem sempre serve sabedoria de sobremesa, que geralmente viver tem algo de trágico, mas, de um jeito ou de outro, a vida nos traz iluminação e certo grau de amadurecimento.

– É preciso arriscar e tentar seguir aquilo que pensamos ser o próprio caminho – argumentou – através de um intrincado quebra-cabeça de acontecimentos, decisões, sonhos, desejos... e tentar ter mais paciência com tudo, todos e, principalmente, com nós mesmos...

*Brianna*

1961

# **Dourada**
## *Rio Grande do Sul, 1961*

Na semana anterior ao nosso casamento, Sérgio sumiu. Disseram-me que ele havia ido buscar seus pais e suas irmãs. Sérgio era dono de sua fazenda enorme, mas a família dele morava em terras próximas à fronteira com a Argentina. Ele deixou ordens para que eu ficasse com a chave da casa dele, bem como instruções muito específicas de que eu deveria ser levada à mansão para fazer os preparativos necessários ao nosso novo lar.

A fazenda de Sérgio ficava muito perto do quilombo. Ao atravessar tais estradas tão conhecidas, meu coração doía. Eu queria estar lá com Abeje, Ayo, sua adorável mãe, tia Marie e, é claro... Brian...

No entanto, continuei mudando de assunto, tentando apreciar a enorme casa de Sérgio, seus incríveis jardins, um pomar ainda maior e, é claro, os campos, os Pampas...

Quando saí do carro, João Pedro, que administrava a fazenda de Sérgio, me guiou até a mais bela das varandas e disse:

– Depois de casar, tu serás a mulher mais rica da cidade...

Sorri, sem saber de fato o que dizer. Jamais me importei com riqueza, nem eu nem minha família. Nossos sonhos eram bem simples, nada sofisticados; o que importava era ser saudável, alegre e ter uma vida longa e feliz.

– Sua mãe deve ser muito, muito feliz – ele insistiu.

Suspirei com pesar pela tristeza dessa estranha sequência de eventos, mas depois acrescentei rapidamente:

– Ah, sim, e meu pai também!

Depois, ele me apresentou às criadas e aos demais empregados. Eles me cumprimentaram alegremente, mas eu me senti culpada por ter adquirido tanta riqueza instantânea, me sentia deslocada, sem saber realmente o que dizer.

Depois de um tempo, a égua mais bonita foi trazida para mim. Ela se movia com elegância, gentilmente sacudiu a cauda e seus olhos escuros encontraram os meus. Aproximei-me e acariciei sua testa.

– Este é o presente especial do Sr. Sérgio para você, o nome dela é Dourada.

Eu nunca tinha recebido um presente daqueles. Uma égua. Um cavalo de presente. Lembrei-me de meu pai dizendo:

– Cavalo dado não se olha os dentes.

Aqueles enormes olhos negros, o pelo dourado e a crina comprida e clara. Seria rude checar os dentes, pensei sorrindo, agora entendendo a estranha frase de meu pai. Ele a disse pela primeira vez em um Natal, quando recebi de presente uma caixinha de música, mas que tocava apenas uma única canção.

No caminho de volta à casa de tia Marie, me senti mais confusa do que nunca. Como Sérgio podia ser tão gentil comigo e tão rude com as pessoas que amava, tudo ao mesmo tempo?

Pensei em mamãe. Ela parecia muito chateada. Durante a prova do meu vestido de noiva, que foi mais um presente de Sérgio, ela sussurrou:

– Fico feliz que você possa vestir um vestido de noiva, Maureen. Logo você terá que usar vestidos bem largos.

– Oh, mamãe, me desculpe, eu realmente sinto... ela não me deixou terminar e continuou:

– Tia Marie está muito triste de novo. Quando penso que fomos convidados a ir para o Brasil para animá-la, ajudá-la a superar sua tristeza... mal posso acreditar...

– Mamãe, me desculpe, eu disse que estou arrependida... – eu repetia várias vezes.

– Claro, estou feliz por ser avó, só queria que você tivesse escolhido um marido mais gentil, só isso. Tia Marie está preocupada com você.

– Mamãe, pare, por favor.

– Ela me disse que há outro jovem, Brian, não que ele seria o marido ideal, com aquela moto e tudo, mas pelo menos ele parece mais tranquilo. Só deus sabe para onde esse Sérgio vai te levar...

Àquela altura eu estava inconsolável. Ouvi minha voz, meio fora do corpo, tentando desesperadamente convencer minha mãe de que Sérgio era um bom homem. Parecia que eu estava mentindo para nós duas ao mesmo tempo.

Mamãe e eu evitamos contato até o dia do meu casamento. A festa aconteceria na casa de Sérgio, na Fazenda Sol do Horizonte, a mesma fazenda que também seria minha após o casamento. Durante a madrugada, levantei, olhei no espelho da penteadeira e vi que minha pele estava queimada de sol. Meus cabelos acobreados agora tinha mechas douradas. Eu sempre me considerei mais interessante do que bonita, mas, naquele momento, achei que talvez eu tivesse certa beleza. Senti culpa em seguida. Eu estava no olho do furacão. Disso eu tinha certeza.

No dia do casamento, acordei e olhei em volta do meu quarto na casa de tia Marie. Eu realmente tinha me apegado àquela casa. Meus olhos brilharam com o pensamento de deixá-la para trás para sempre. Fui tomar café da manhã.

Abeje me cumprimentou com os olhos vermelhos e inchados. Ayo tinha ido ao quilombo. Tia Marie esperou que eu comesse os ovos cozidos, o pão fresco, meu café com leite. Depois que terminei de comer, ela me levou à varanda, me beijou e disse:

– Espero que você seja feliz, meu amor. Tu sempre estarás em minhas orações...

– Por que você está falando como se estivéssemos nos separando?

– Querida, eu não vou ao seu casamento... – ela disse, com lágrimas escorrendo pelo rosto.

– Por quê?

– Abeje, Ayo e Adesina são minha família. Se elas não estão autorizadas a ir ao casamento, então eu também não devo ir.

Eu tive que enfrentar a pura verdade agora. Não me esconder mais atrás de um véu de falsa felicidade. Sérgio realmente as proibira de vir.

– Vou falar com o Sérgio – protestei – ele vai voltar atrás! Tenho certeza de que ele quer me ver feliz!

– Você está feliz, querida? – ela me perguntou. Você tem certeza? – claro que não estava.

A comunicação entre as fazendas demorava uma eternidade. As linhas telefônicas estavam sempre congestionadas ou apresentavam complicações absurdas. Papai não gostava de escrever cartas, era um homem de poucas palavras, mas as poucas que falava valiam muito a pena ser ouvidas.

Mamãe me ligava toda semana. Nossas conversas pareciam vazias, casuais e quase apressadas. Eu sabia que ela jamais teria aprovado minha gravidez. Eu não conseguia falar sobre minha situação por telefone. Não com aquela péssima conexão, teríamos que gritar coisas cotidianas e eventos triviais uma à outra, coisas do tipo: o gato da tia Marie se sentindo mal, uma boa receita de bolo, o calor...

Eu sabia que os Pampas me transformariam, mas não a ponto de ver meus irmãos vestidos como gaúchos, falando português, bronzeados e saudáveis. Eles me receberam como brasileiros, com direito a beijinho na bochecha. Sorriram sem dizer nada. Em pouco tempo, algumas moças bem bonitas se aproximaram deles. Percebi rapidamente que eles jamais me perguntariam sobre meu casamento, minha gravidez ou qualquer coisa do gênero. Eram só três adolescentes, com seu próprios segredos e preocupações. E, principalmente, meninas.

*Maureen pintou seu sonho:*
*– Tudo ao meu redor parece ter mudado. Até minha própria família. Sonhei que tinha três irmãs, em vez de três irmãos. Eu os observei do outro lado da baía, enquanto tentavam pescar um homem, que parecia papai, fora do mar. Isso me fez perceber como eu estava sozinha.*

Papai foi quem mais tinha mudado. Ele usava sua roupa de domingo, que comprou em Dublin, não aprendera ainda nada de português e ficou o tempo atrás de batatas cozidas salteadas na manteiga. Eu esperava que ele fosse severo comigo, mas ele me abraçou por um bom tempo e me disse que eu era uma boa menina, que sempre tinha sido e para sempre seria. Eu percebi que ele estava chorando, em silêncio. Não consegui segurar minhas lágrimas. Então surgiu um homem de barba longa, vestido de modo muito simples, com sandálias abertas, que tocou no ombro dele e perguntou:

– Você não vai me apresentar à noiva, meu filho?

Ele falou com um sotaque que eu não consegui identificar.

– Maureen, este é o padre Pedro. Ele é salesiano, veio da Itália para viver no Brasil. Nós o convidamos para o seu casamento.

O padre Pedro não parecia um padre comum, sua voz era pacífica e ele parecia um velho sábio para mim. Tive vontade de contar-lhe minhas dúvidas e angústias. Ele certamente entenderia. Ele me abençoou e disse:

– Deus está cuidando de ti, minha filha. Tudo vai ficar bem. Amanhã de manhã você será uma linda mulher casada.

Quando a cerimônia começou, o padre Pedro, com suas roupas modestas, fez suas orações. Percebi como ele era humilde, poderoso, mas profundamente atencioso. Durante o sermão, ele citou o rei James, "Love is Patient" (O amor é paciente) e, durante este belo verso, ele olhou para a família de Sérgio e falou sobre paz e igualdade, tolerância e compreensão. Sua última citação fez muito sentido para mim: "Na casa do meu pai, há muitos quartos" (João, 14: 2).

O pai de Sérgio olhou para baixo e sua mãe sussurrou algo no ouvido da filha. Papai sorriu ternamente, tive vontade de sair do casamento e voltar para casa com minha família. Eu não tinha certeza de quem eu era, do que estava fazendo ou do motivo de estar me casando.

Mesmo quando Sérgio, tão lindo, com suas vestes gaúchas de casamento, me beijou ternamente em frente ao padre, ainda ali eu estava insegura.

Quando começamos a dançar a tradicional música gaúcha e todo mundo estava batendo palmas, eu tinha minhas dúvidas.

Evitei os olhos de papai o tempo todo e nem sequer cheguei perto de mamãe. Eu mal conseguia comer, por mais que o bebê normalmente me tornasse uma devoradora voraz. Não consegui apreciar as mesas fartas com todos os tipos de pratos deliciosos, com frutas e bolos. Mal pude ouvir a música ao vivo tocada por uma banda tradicional de renome, trazida exclusivamente para tocar no nosso casamento.

Não encontrei uma única palavra ou frase apropriada para dizer aos pais de Sérgio, nem para as irmãs dele. Elas eram meninas lindas, usando vestidos floridos, cabelos longos e brilhantes e estavam muito felizes.

Tampouco pude agradecer às meninas locais que me diziam quão linda eu estava.

– Quem dera estar no seu lugar – elas diziam. A noite chegou, os convidados se despediram.

Quando Sérgio me abraçou com amor e me levou para a nossa nova cama, eu simplesmente não conseguia acreditar que tia Marie não confiava nele ou que Abeje e Ayo o desprezavam. Eu o beijei lentamente, acariciei seu cabelo bonito, senti o toque de suas mãos sobre o meu corpo. E disse a mim mesma que ele mudaria.

– Um dia as pessoas verão Sérgio como ele realmente é: terno, amoroso e doce...

Nossa lua de mel foi encantadora. Mergulhei na ilusão total. Passamos o tempo passeando de mãos dadas no jardim, colhendo frutas frescas no pomar e compartilhando a rede em agradáveis fins de tarde.

Eu adorava dar comida à minha égua Dourada. Ainda não conseguia montá-la por causa da gravidez, então dava a ela feno e cenoura.

Forcei-me a enterrar minhas dúvidas e todos os pensamentos que me perturbassem. Mas o vento soprou sobre minha cabeça e, por algum motivo, meu humor mudou.

Perguntei a Sérgio à queima-roupa:

– Por que proibiu Abeje e Ayo de irem ao nosso casamento?

– Por que está me perguntando isso? – ele disse – você é minha mulher agora, então deve cumprir minhas regras...

– Quais regras? Não devemos tomar juntos nossas decisões? Sinto muito, sei que você mora no interior desde que nasceu, mas tu não podes me tratar como se eu fosse uma mulher da Idade Média.

Sérgio deu um sorriso encantador, mas permaneceu em silêncio. Insisti.

– Quero estar com as gêmeas. Elas são minha família. Preciso visitá-las no quilombo, manter contato.

– Não, isso eu não permito e fim de papo.

– Não? – questionei, com minha raiva se intensificando. – Tu vais me trancar em uma cela? Sou uma mulher livre! Ter esse anel não significa que aceitei ser enjaulada!

– Escuta aqui, Maureen – disse ele – basta olhar os deuses dessa gente, sua linguagem, o jeito louco que eles têm de dançar de olhos fechados, o descaso com o dinheiro e o conforto, a preguiça geral e, acima de tudo, o modo como eles se apegam à terra que me pertence. Então, não, não vou permitir que você fale com eles, com meu filho dentro de você, mesmo que eu tenha que te trancafiar!

– Então vá em frente e tente, Sérgio, você vai ver que meu amor por você vai se acabar para sempre. Nada que tu fizer vai recuperá-lo!

– Ah, agora entendi... – ele disse, levantando-se, coçando o queixo e andando pelo chão – tu queres vê-lo novamente. O motoqueiro irlandês. Tu só querias uma desculpa para me deixar por ele, não é? Então agora está me tratando como uma espécie de homem das cavernas... tu casaste comigo, mas tua mente está em outro lugar... você não passa de uma interesseira. Você quer o meu dinheiro? É isso? Pensei ter me casado com uma dama, mas não... você não passa de...

– Pode parar por aí, Sérgio, não permito que tu fales assim comigo.

Minha vontade era bater nele, mas mantive a dignidade e, além disso, precisava proteger meu bebê. Minha raiva deu lugar à tristeza e a uma enorme desilusão.

– Você esqueceu o Evangelho, Sérgio? Como pode ser tão sem coração, tão mau? "Na casa do meu pai, há muitos quartos". Nunca deves odiar as pessoas só porque elas não partilham das tuas crenças... E, acima de tudo, tu deves me respeitar. Eu sou a mãe do teu filho...

Saí da sala e fui para o quarto de hóspedes, me trancando. Sérgio bateu à porta:

– Volta aqui, minha linda ruiva. Tu és minha verdadeira deusa. Eu preciso de ti... vamos lá, não fique tão brava...

– Deixe-me dormir, Sérgio. Estou cansada. O bebê precisa que eu descanse.

– Eu te amo muito, tu não entende que é por isso que me deixa louco, me faz dizer coisas ruins?

– Boa noite, Sérgio, amanhã conversamos de novo – eu já sabia o que fazer.

Nos três dias seguintes, desempenhei o papel de esposa atenciosa. Enquanto isso, arrumei algumas roupas e escondi um pouco de comida. Então, eu esperei a lua cheia. Durante o jantar, reabasteci o copo de vinho de Sérgio várias vezes. Eu disse a ele que não podia beber, o que era verdade, por causa do bebê. Eu sabia que Sérgio sempre caía no sono depois de beber tarde da noite.

Fomos para a cama e pedi que deixasse as cortinas abertas porque precisava de ar fresco.

Eram 3 horas da manhã. A luz da lua iluminou todo o rosto de Sérgio e, pela primeira vez, não pude ver nenhuma beleza em seus traços perfeitos. Sua boca estava entreaberta e parecia ter uma pitada de crueldade. Seu cabelo brilhante estava molhado de suor e honestamente me deu nojo. Saí da cama e, silenciosamente, peguei minha maior bolsa e, com muito cuidado, saí pela janela e desapareci no pomar. Eu tinha marcado um caminho nos dias anteriores para sair do labirinto verde.

Andei com muito cuidado ao longo do caminho sinuoso com uma lanterna, concentrando-me com força para não tropeçar ou cair. Também bebi muita água e comi duas maçãs. Eu sabia que atravessar o pomar me levaria à trilha que levava à fronteira das terras quilombolas. Depois de cruzar essa linha, estaria em segurança.

Amanhecia.

Primeiro ouvi o canto, depois senti o cheiro das águas. Eu andava mais rápido agora. Sabia que as meninas lavavam suas roupas ao amanhecer enquanto cantavam no rio.

Eu me sentia exausta quando, de repente:

– Maureen! O que está fazendo aqui?

Brian veio em minha direção. Eu levantei meu olhar. Ele ficou surpreso, tomado de uma alegria quase infantil. Nós não nos beijamos. Não dissemos uma palavra. Eu quis me aproximar, mas ele se afastou. Parecia suficiente e mais correto apenas nos abraçarmos. Ele parecia muito emocionado e atrapalhado.

Ayo veio e me abraçou também.

– Vou mandar alguém buscar Abeje e sua tia Marie – disse ela. Estou tão feliz que voltaste a nós. Deixa chamar minha mãe também.

Mais uma vez, aqui estava eu, entre as casinhas coloridas, me sentindo amada, me sentindo em paz, me sentindo em casa. Enfim, livre.

Adesina me convidou para entrar em sua encantadora casa.

– Eu estava esperando por ti, guria – disse ela.

Tomei café da manhã, tomei banho, ri, extasiada por aquele ambiente familiar, minha família, meus entes queridos.

No fim da manhã lá estava ela. Minha adorável tia Marie. Atravessando o quintal para me encontrar em casa.

Ela me abraçou, me beijou e disse:

– Posso? – e foi acariciando meu barrigão.

– Estou tão aliviada que tu escapaste de Sérgio, meu amor – disse ela – estava tão preocupada com sua saúde e com o bebê.

– Pode esperar vingança – disse Ayo.

– Sim, e estaremos prontas para isso também – disse Adesina.

*Maureen*

# 2019

## Dando a volta
*São Paulo, 2019*

Acordei cedo e Nana me deu várias tarefas. Fui ao mercado bem cedinho, comprei frutas e flores frescas para nossa festa de despedida. O trânsito não estava muito ruim. Cheguei no Freedom Corner bem rápido. Enquanto estacionava meu carro, Abeje veio me cumprimentar e me ajudar com as compras. Eu sorri ao ouvir uma música.

– É a Ayo jogando capoeira? – perguntei.

– Sim! Vai lá com a ela! Ela vai ficar radiante!

Corri para o quintal, tirei meus tênis e me coloquei na frente de Ayo. Ela fazia movimentos básicos enquanto ouvia a batida do berimbau em caixas de som.

– Se tem uma coisa de que sinto falta quando estou em Dublin, Ayo, é de jogar capoeira contigo!

Ela riu e deu uma meia-lua. Sabia que eu precisava fazer o mesmo. Jogamos por quase 1 hora, despreocupadas, rindo, no ritmo do berimbau.

– Você não esqueceu o movimentos. Fico muito orgulhosa de você, Brianna.

– Promete que um dia você e Abeje vão me visitar em Dublin?

– Prometido.

– O que seu corpo lhe disse hoje, minha querida? – ela disse.

– Que pergunta estranha...

– Bem... quando você começou a dançar, você parecia um pouco desconfiada... mas daí, de algum jeito, seus movimentos estavam lá de novo... dando a volta por cima...

– Bem, talvez eu simplesmente não tenha me perdoado por trair alguém que amo – respondi.

– Você é muito igual Maureen – respondeu Ayo, rindo – e não se preocupe, amor. A vida se revelará para ti... ela sempre se impõe e nos revela tudo no final...

Maureen me chamou:

– Brianna, estou de volta! Vamos lá, vamos trabalhar agora!

Abracei Ayo com ternura e entrei para ajudar Maureen. Nossa festa seria a melhor!

*Brianna*

# O mestre das matas
*Rio Grande do Sul, 1961*

No fim da tarde, acordei de uma soneca ao som de berimbau e batuque.

Fui em direção ao círculo e vi Brian e Ayo girando, dando chutes e saltos. Eu não tinha certeza se eles estavam jogando e dançando de um modo estranho ou somente praticando um tipo incomum de luta. Isso me fez querer dançar também...

Um homem alto, magro e jovem os treinava.

– Quem é esse homem? – perguntei a Abeje.

– Mestre Ginga está ensinando alguns movimentos de capoeira – ela disse e acrescentou – mas tu provavelmente nunca ouviste falar disso, não?

– Não... – eu disse, sem tirar os olhos daquela cena.

A capoeira é uma luta e uma dança. Durante a escravidão, os guerreiros não tinham permissão para praticá-la, então treinavam como se estivessem dançando. Capoeira tem a ver com encontrar equilíbrio e aprender a se conectar com seu parceiro de luta. É muito divertido, parecem gatos brincando ou crianças dançando. Claro que é legítima defesa, mas o objetivo é ensinar seu adversário a respeitá-lo, a não magoar, humilhar ou matar.

Fiquei fascinada, sentei-me no círculo e absorvi a música e os intrigantes movimentos. Finalmente, o mestre Ginga quebrou o círculo e os jogadores correram para nadar no rio. Ele veio e falou comigo.

– Bem-vinda à nossa aldeia, Maureen. Tu já conquistaste o coração de todos.

– Será que poderia me ensinar, mestre?

– Claro, mas somente depois que o bebê nascer.

– Espero que meu bebê cresça feliz e saudável – enquanto eu falava, meus olhos se encheram de lágrimas.

– Não precisa ficar triste, Oya está contigo. Ela vai te ajudar, pode ter certeza.

Acenei com a cabeça, mas não tinha a mesma fé que ele. Acabara de conhecer seus orixás e me sentia envergonhada de trair meus próprios princípios, assim como àqueles que me amavam.

Ele olhou para mim, com um olhar pensativo, como se estivesse prestes a me dar bons conselhos, mas disse:

– Deixe-me falar sobre nossos orixás. Claro, tu não precisa crer neles, mas sempre há sabedoria nas histórias. Às vezes, na vida, nos encontramos tendo que lutar pela sobrevivência. Oxóssi, o arqueiro, o mestre das matas, gosta de proteger os combatentes. Ele sabe o que significa não ser capaz de errar o alvo. Quando ele veio a este mundo, ele recebeu um arco mágico, mas com uma única flecha, e que jamais a perdesse, caso contrário, sua vida e sua vila estariam em perigo.

– Como ele faz, então?

– Ele ouve a si mesmo, concentra-se, raciocina, presta atenção nas vozes de seus animais e eles o guiam. Ele gosta de compartilhar seus pensamentos com Ogum, seu melhor amigo. Oxóssi reverencia os laços de amizade com humanos, animais, árvores, pássaros.

– Ogum? Ah, sim, Brian me contou sobre ele. Aquele que inicia novos caminhos, abre portas fechadas, revela segredos ocultos.

– Sim, Ogum, o guerreiro; e Oxóssi, o arqueiro, devem andar sempre juntos. Oxóssi percebe objetivos ocultos, prevê estratégias, adivinha trilhas secretas; e Ogum, a seu lado, garante que ele se mantenha fiel à sua visão.

– Como assim? – perguntei.

– Bem, assim como no mundo destes deuses, os humanos também precisam um do outro. Tudo o que estou dizendo é que você nunca está sozinha.

Levantei-me, quis abraçá-lo, mas Mestre Ginga desapareceu nas árvores, exatamente como Adesina, Ayo e Abeje costumavam fazer.

Estava começando a entender seus caminhos misteriosos agora, então voltei para casa, com fome, para jantar. Adesina preparou o meu prato predileto: arroz e feijão, que devorei e depois senti muito sono. Dei a última garfada e fui para a cama. Meu quarto não tinha cortinas, para que eu pudesse olhar para o céu estrelado antes de dormir.

Muito gritos, muitos tiros.

Barulhos assustadores e gritos mortais me fizeram pular da cama. Corri para ver e a cena lá fora vai ficar gravada para sempre na minha memória.

Sérgio estava dando tiros para cima, seu cavalo pulava de modo frenético, vários homens atiravam tochas de *diesel* em cima das casas, sobre a copa das árvores. O fogo se espalhou pelos telhados. Ayo pulou sobre Sérgio, como um cometa preto cruzando o céu. Sérgio levantou o cavalo enquanto Ayo segurava suas costas. Guerreiros pretos se atracavam com os cavaleiros brancos. Brian partiu para cima dos atiradores com sua moto. Mestre Ginga apontava sua flecha e atingia os líderes. Sérgio apontou a espingarda para ele. Eu corri e fiquei na frente do cavalo, gritando:

– Para, Sérgio!

O fogo se espalhava. Ele abaixou a espingarda por alguns segundos. Então, apontou-a para mim. Eu estava prestes a perder minha vida, assim como a do meu bebê. Fiquei paralisada de medo, até que ouvi um canto, uma música que transformou meu medo em calmaria súbita.

Não fazia sentido.

Alguém cantando de modo tão bonito em meio àquele horror? Fechei os olhos e reconheci o chamado:

– Eparrey, Oya! Então me virei.

Era Adesina, com sua linda máscara vermelha. Sua voz hipnotizante. Seus braços fortes se abrindo em direção ao céu. Será que eu estava realmente tão assustada que meu medo se fundiu em um sonho? Desapareceu a fronteira entre fantasia e realidade? Tudo de que me lembro é do trovão. Da tempestade. Do vento. Eu pensei que as estrelas se estilhaçariam em um bilhão de grãos que salpicariam a vila. A chuva era muito forte, a mais pesada que eu já havia visto em minha vida, nem na Irlanda vi algo igual. Eu devia estar enlouquecendo, pois ainda sentia um forte sabor de mel em minha boca.

Adesina rodopiava cada vez mais rápido sob uma forte torrente de chuva quente e o fogo se apagava tão rapidamente quanto outrora se espalhara.

– Sua bruxa! Eu te desprezo! – Sérgio rugiu.

Ele deixou a espingarda cair no chão. Seu cavalo dava coices e empinava, possesso, como se possuído por uma fúria selvagem.

– E também te abomino, Maureen! Eu não quero esta criança, ela já está amaldiçoada! Some da minha vida.

Lá estava eu, imóvel, ensopada, com minhas mãos protegendo meu precioso tesouro. As lágrimas ardiam minhas bochechas já quentes. Senti alívio, ira e alegria, tudo ao mesmo tempo.

O cavalo de Sérgio empinou novamente e assim galoparam, desaparecendo profundamente na calada da noite.

Sabia que jamais voltaria a vê-lo.

*Brianna*

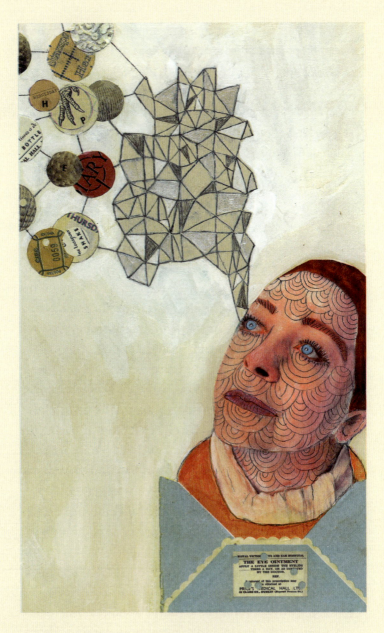

*Brianna criou este belo retrato de sua amada Nana Maureen. Ela tentou capturar o sentimento de sigilo, saudade e censura.*

## Aeroporto de Cumbica
*Guarulhos, 2019*

A festa de despedida não foi suficiente. Todos queriam ver Nana antes de ela partir. Para abraçá-la e beijá-la e entregar-lhe cartões de boa viagem. Funcionários da loja e do *pub*, clientes habituais, parentes, amigos íntimos, todos foram ao aeroporto. A atmosfera era intensa, comovente e festiva ao mesmo tempo. Um desavisado pensaria que ela estava partindo, indo embora para sempre.

Nana tinha o olhar lacrimoso, estava até meio trôpega. Tive que ficar bem concentrada para ajudá-la na alfândega. Atravessamos o portão. Parei para comprar batom no *duty-free*.

– Estou morrendo de vontade de tomar uma taça de vinho – disse ela esfregando as mãos, com um sorriso malicioso. Encontramos um canto confortável em um café e, enquanto ela relaxava e sorvia seu vinho, eu comi um sanduíche vegano.

– Precisamos conversar, Brianna. – disse ela – Tem algumas coisinhas que você precisa saber.

Eu sabia que Nana tinha lido minha alma curiosa.

– A respeito do que, Nana? – perguntei, dando a última mordida. Ela fez uma pausa.

– Como você se sente por ter lido meu diário? Como se sente em relação a mim e, mais importante, como você se sente em relação a si mesma?

– Realmente, não sei ser tão sincera... ainda estou tentando descobrir...

– Eu te entendo. Vou contar um pouco mais... ainda temos uma 3 horas antes do embarque, né?

– Nana, você está me provocando agora, o que está pensando?

– Tenho alguns... segredinhos, Brianna... pensamentos meus que deixei de fora dos diários.

Nana cuidadosamente colocou a bolsa ao lado dela. Então, inclinando-se e se aproximando, ela começou a falar. As palavras eram fluidas, embora cuidadosamente escolhidas. Calmas, mas com firmeza. Ela fez pequenas pausas para beber seu vinho, retomava um pouco a compostura e tomava coragem para prosseguir.

Nem ousei interromper seu fluxo de consciência. Assim ela me disse:

– Sua mãe provavelmente lhe disse que Sérgio morreu em um acidente...

– Sim – respondi, esperando ela continuar.

– Ele foi encontrado morto, deitado no chão na manhã seguinte ao ataque contra a comunidade quilombola. Seu cavalo não foi encontrado em lugar algum. O pescoço dele estava quebrado.

– Ele foi assassinado? – perguntei, me sentindo um pouco trêmula.

– Sérgio era odiado por muitos, mas ele mesmo era seu pior inimigo. Quando, depois de dias, finalmente, encontraram o pobre cavalo, ele estava exausto e faminto.

– E?

– Acredito que Sérgio galopou a noite toda até o cavalo não aguentar mais. Seu corpo foi encontrado perto de um penhasco muito alto. Acho que ele quis que o cavalo pulasse e morresse. Mas o cavalo aparentemente só o jogou no chão. Sérgio era um cavaleiro muito habilidoso, mas estava alucinado naquela noite. Provavelmente, não conseguiu controlar a queda e foi assim que ele realmente morreu.

– Como a família dele reagiu? – perguntei.

– Da pior maneira possível – disse ela. E prosseguiu:

– Brian me levou para a casa de tia Marie. Abeje, Ayo e sua mãe também vieram. Eu não queria afetar o bem-estar do bebê com todo aquele estresse e aquela tristeza. Deram-me comida, lembro-me de tomar banhos bem quentes e de Adesia cantando até eu dormir. Disseram-me para relaxar e permitir que o amor pelo meu filho curasse minha alma.

E então é claro que, como viúva, tive de comparecer ao funeral de Sérgio. Eu tinha pavor de encontrar seus pais. Tentei não me culpar por tudo o que tinha acontecido. Pensei no Evangelho de Mateus:

"Quem vive pela espada morre pela espada".

Eu sabia que Sérgio era movido por um inferno interno e que isso inevitavelmente o levaria a uma explosão de violência. Ironicamente, sentia que seu amor por mim pudesse desencadear ainda mais loucura, e não o contrário. Eu era muita ingênua quando o conheci, cheia de ideias românticas. Como eu poderia adivinhar? Mas ainda sinto um carinho profundo pelas boas lembranças que tenho dele e sempre que o imagino sozinho, solto no meio do pasto tão criança ainda, cavalgando cavalos a pelo... eu o perdoei, era um homem sofrido, educado de modo a valorizar a violência, o mando, a ilusão de superioridade.

Pedi a Nana que fizesse uma pausa enquanto tomava uma bebida. Eu precisava de um café, mas logo mudei de ideia e pedi uma taça de vinho branco.

– Desculpe, Nana, por favor, continua.

– Então, no enterro, tudo o que eu queria era proteger meu bebê. Durante o velório, eu me lembro de estar vestida de preto, com um coque no cabelo.

Sentei e rezei. A família de Sérgio era muito grande. Seus parentes falaram comigo muito brevemente e demoraram-se mais consolando seus pais. Mamãe, papai e meus três irmãos mais novos estavam ao meu lado, assim como tia Marie.

Do nada, suas irmãs, todas muito bonitas e algumas amigas delas se aproximaram de mim. Eles eram as mesmas garotas que eu conheci durante o nosso casamento, há pouco tempo:

– Estou tão contente por não estar na tua pele agora! – uma delas sussurrou no meu ouvido. Isso me deu uma estremecida.

O enterro ocorreu ao amanhecer e depois tia Marie me levou para casa. Mamãe apenas me abraçou e beijou minha cabeça. Eu estava esperando olhares reprovadores ou algumas palavras duras, mas, em vez disso, recebi enorme compreensão e simpatia da minha família.

Foram vários dias até me sentir quase voltando ao normal depois daquele tumulto emocional. Logo depois, tia Marie teve notícias de que os pais de Sérgio iriam visitá-la na tarde do dia seguinte:

– Melhor se preparar, querida, pois não será fácil.

Ela me disse que, como mãe do único filho de Sérgio, eu herdaria toda a sua riqueza. Sua fazenda era uma propriedade enorme. Além disso, eu também herdaria todo o dinheiro em suas contas bancárias, além de três casas no centro da cidade.

Para encurtar a história, de repente percebi que seria uma mulher muito rica. Mas, ainda assim, eu tive que enfrentar seus pais. O que eles queriam de mim?

– O bebê, aposto – a interrompi.

– Isso mesmo, querida, acertou na mosca.

Eu sorri e pedi a ela que seguisse em frente.

– Ah! – ela suspirou cansada, como se aquilo tivesse ocorrido ontem.

– Ainda me lembro exatamente, palavra por palavra, do que eles me disseram.

– Pretendemos criar o filho de Sérgio, nosso neto. Você nos deve isso, menina. Por sua causa nosso filho está morto.

Lembro-me de ficar muito chateada, enjoada, segurando o peito de modo protetor, como se eles pudessem puxar o bebê diretamente de dentro de mim. Mas, ainda assim, levantei-me e falei:

– Ninguém é responsável pela morte de Sérgio. Quando a violência é introduzida, dentro de uma família, quando a violência é a norma, então a culpa mesmo é de vocês dois, pais dele.

O pai dele ficou terrivelmente possesso, gritando e me fazendo ameaças de toda espécie. Ele bateu a mão na mesa e derrubou uma xícara e um pires da mesa. Quebraram-se em pedacinhos, e percebi então por que Sérgio era uma alma tão miserável e conturbada. A mistura de poder, mimos, machismo e todo tipo de preconceitos era letal.

Ela continuou, contando o que eles disseram a ela:

– Sérgio nos disse que tu eras virgem quando te conheceu. Ele tinha certeza absoluta de que o bebê era dele. Mas quem não garante que seja filho desse seu amigo motoqueiro irlandês?

Continuei abraçada a Nana e ela continuou sua história:

– Tia Marie entrou na sala. Ela estava mantendo a compostura até então, mas a partir dali não aguentou mais.

– Saiam da minha casa agora mesmo – disse a eles – Maureen é uma menina linda e seu filho não merece um grão sequer do seu amor. Ela herdará suas propriedades e suas terras. E vamos criar justiça juntos, de uma vez por todas, agora sumam.

– Sua vigarista – bradou o pai de Sérgio. Tia Marie, impávida, prosseguiu.

– As terras dos quilombos estão espalhadas entre as minhas e as de Maureen agora. Elas serão demarcadas e pertencerão, finalmente, aos seus verdadeiros proprietários: a comunidade de Adesia.

– Só sobre o meu cadáver! – gritou ele enquanto saía.

– Vocês conseguiram a demarcação das terras? – perguntei.

– Sim. Claro. Mas não pude ficar e participar de nenhuma comemoração porque disseram a Ayo que havia um preço por sua cabeça. Abeje também corria risco de vida, assim como Brian. Lutadores habilidosos eram empregados para ficar em vigília todas as noites em que Brian vinha me ver. Eu estava grávida de seis meses quando ele me pediu em casamento.

– Nossa, Nana! Que virada inacreditável! Continua.

– Bem, há uma razão pela qual eu não escrevi sobre a morte de Sérgio nem o pedido de casamento do Brian. Meus sentimentos eram intensos demais durante a gravidez, sequer encontrava as palavras certas. Sabe, Brianna, para herdar e absorver por completo a história da minha vida, você devia escrever tudo isso.

Era demais para a minha cabeça. Escrever esta parte dramática da vida da minha avó. Como ela permaneceu tão sã ao longo dos anos, eu jamais irei saber.

Embarcamos no nosso voo, ambas exauridas.

O voo de conexão em Amsterdã estava atrasado, então quando Nana e eu aterrissamos no Aeroporto de Dublin já era quase 1 hora da manhã. Não conversamos muito na viagem. Em vez disso, nos divertimos com filmes, comida, lendo e de vez em quando comentávamos algum artigo ou trocávamos travesseiros. Estava me sentindo confortada, relaxada e muito feliz. Parecia que criamos uma nova intimidade entre nós. Não era mais eu ser só sua neta. Estávamos próximas, como mulheres adultas podem ser.

Continuei meditando sobre o amor, as injustiças do mundo, os riscos, o que se consegue mudar e tudo aquilo que se impõe... será que existe algum ingrediente secreto que nos ajude a perceber o sabor daquilo que é verdadeiro?

Então pensei no meu avô, Brian. Meu nome, é claro, é por causa dele. Nana não precisava me dizer isso, porque era uma história familiar conhecida. Vovô e ela deixaram o Rio Grande do Sul junto com Ayo e Abeje, de carro. Ela estava grávida de sua primogênita, Imelda, minha tia. Dirigiram mais de 1000 quilômetros rumo a São Paulo. Nana tirou as fotos mais bonitas de sua lua de mel na estrada. Eles pareciam tão felizes, tão vivos! Era como eu imaginava que o verdadeiro amor seria caso pudesse ser fotografado. Tia Imelda nasceu logo que eles compraram sua primeira casa, próxima à Avenida Santo Amaro. Uma casa enorme e antiga, cheia de personalidade e charme. Então, vovô Brian abriu o *pub* Freedom Corner. Seu pedacinho da Irlanda, como costumava dizer.

Minha mãe Claire nasceu dois anos depois de tia Imelda. Vovô amava imensamente as duas. Quando as meninas tinham 5 e 7 anos, Nana abriu o Beo Fada, uma das primeiras lojas de produtos orgânicos da cidade. Depois montou no mesmo espaço uma galeria de arte e ali expôs seus quadros e também fez exposições de seus amigos artistas.

Ayo e Abeje estavam o tempo todo ocupadas. Quando Abeje se casou com seu namorado de longa data, Akan, ele veio viver em São Paulo também. Tiveram dois filhos adoráveis.

Tia Marie viveu até os 94 anos. Ela sempre teve orgulho de nossa família...

Finalmente, aterrissamos em Dublin. Observamos a área das bagagens. Havia muita gente viajando para Dublin. Tive dificuldade em me concentrar, passar pela alfândega, cuidar de Nana, de nossos passaportes, recolher nossas malas, fazer fila para pegar um táxi.

Quando nos sentamos dentro do táxi, Nana cochilou um pouco, notei o motorista olhando-a no espelho, ele sorriu para mim e ficou quieto, por respeito.

*Brianna*

## *Stoneybatter e Killiney, 2019*

Eu tinha enviado uma mensagem para Connie mais cedo, dizendo que ela não precisava esperar por nós, já que eu tinha minha própria chave. Caímos na cama, exaustas. Connie era tão doce que trocara todos os lençóis, deixara toalhas macias e limpas e até alguns chocolates em nossas camas.

Ficamos em casa o dia todo. Eu caí no sono e acordava, tirando deliciosas sonecas, sentindo aquele *jet lag* agradável, já que sabia que não tinha por que ter pressa para levantar. Já eram 2h30 da tarde. Será que estava certo? Será que não arrumei a hora do telefone? Tinha dormido mesmo 12 horas?

Então ouvi o riso de Nana lá embaixo e me deu vontade de entrar na festa. Connie tinha assado bolos e, assim como em Malahide, me vi tendo que escolher entre todas as maravilhas deliciosas. O que era tão difícil agora quanto antes, quando eu era bem pequena.

– Qual deles quer provar? – perguntou Nana, os olhos brilhando.

– Quero todos – ri, servindo-me de uma fatia de bolo de cenoura e depois uma fatia de torta de limão.

Relembramos nossa viagem ao Castelo de Malahide quando eu era pequena:

– Imaginei que vocês iam curtir um pouco da doçura irlandesa... – disse Connie.

Meu telefone tocou: mensagem de Davey.

– Falando em doçura... – disse Nana.

– Ele está chamando nós todas para vê-lo tocar na Button Factory, no Temple Bar.

– Acho que estou velha demais para isso, dizem que a velhice é a segunda meninice, mesmo assim... – riu Connie.

– Puxa vida, tinha esquecido já de todos esses hilários ditados irlandeses – Nana sorriu. – E eu já não sou mais uma menina... também estou velha demais para isso!

Mas insisti e ficou decidido que nenhuma delas era velha demais para um *show* de música, muito menos uma apresentação de Davey. Maureen e Connie ficaram em polvorosa, e além do mais seriam ótima companhia uma da outra em um momento como aquele.

Davey tocou muito, fiquei comovida e orgulhosa dele. Para encerrar, dedicou sua canção "The Wind Riders" a Maureen. Depois, fomos tomar cerveja juntos. Nana Maureen tomou um *pint* de Guinness:

– Para dar força – ela riu.

Davey falou bastante de sua família. Ele era o segundo filho entre quatro irmãos, tinha estudado música e história na universidade Trinity e agora estava para terminar sua pós-graduação em arquivos históricos. Brincou sobre o seu "*nerd* interior".

Sua intenção era combinar pesquisa e ensino com escrita e composição de letras e canções.

– Devo dizer que estou fascinado com a conexão Irlanda-Brasil. Meus avós se mudaram para Nova York nos anos 1950 e muitos de meus tios e tias foram para lá também nos anos 1980. Mas nunca ninguém foi para o Brasil. Nunca tinha ouvido falar de alguém que tivesse ido para lá. Parece um lugar tão exótico, um mundo tão distante, ainda mais naquela época.

– Sim, é verdade – disse Maureen – mas nos séculos XVIII e XIX milhares de irlandeses migraram para o Brasil.

– Agora a tendência se inverteu e mais de 13 mil brasileiros vivem hoje na Irlanda – acrescentei – a maior parte mora em Gort, County Galway, a Little Brazil.

Nana parecia bem tranquila na companhia de Davey:

– Você tem que ir tocar no Freedom Corner uma hora dessas, íamos amar.

Davey disse com certa timidez:

– Na verdade, tenho uma novidade. Fui convidado para trabalhar nos Estados Unidos como vocalista de uma banda. O empresário deles me viu tocando na Rua Grafton e me convidou. Talvez role até um contrato com uma gravadora, quem sabe.

Fiquei em choque.

– Era isso o que você queria me dizer quando cheguei ao Brasil?

– Sim, eu ia te contar depois, mas já que estamos falando disso agora, me escapuliu... eu também queria que você ouvisse a canção dos Wind Riders. Acho que é a melhor que já fiz, e foi você quem me inspirou.

Nana deu uma desculpa, e ao sair da mesa, disse:

– Vou dar uma voltinha por aí, dar uma olhada nas obras expostas nas paredes do bar.

Ela se sentou em um banco no balcão e ficou conversando com o dono. Percebi que ela quis nos deixar a sós.

Ficamos nos encarando por um tempo, não era mais um olhar romântico ou algo assim, era mais aquele olhar de "coelho assustado na beira da estrada", ou tipo olhar de peixe morto, sem saber o que dizer. E quando eu estava prestes a quebrar o silêncio, ele respirou fundo. Eu pensei que ele fosse me pedir para me juntar a ele nos Estados Unidos ou recusar a oferta por completo, só para ficar comigo.

Mas fomos interrompidos antes que qualquer palavra fosse pronunciada. Um cara veio até a nossa mesa e cumprimentou Davey pelo *show*. Ele sorriu e agradeceu o cara. Tive a sensação de que, de alguma forma, ele estava se afastando de mim para seguir seu caminho. Eu me senti feliz e orgulhosa por ele, mas, sendo meio egoísta, eu o queria só pra mim.

Estava lutando contra esses sentimentos intensos, minha cabeça fervilhava, meu estômago era um turbilhão. Nesse momento, Nana veio e disse:

– Você poderia me levar para casa, querida? Acho que preciso dormir um pouco agora.

Ela tocou a mão de Davey.

– Adorei cantar contigo esta noite, Davey. Isso fez eu viajar no tempo. Agora posso dizer que finalmente estou em casa.

Davey parecia um pouco aliviado de me ver indo embora, pelo menos foi isso o que senti.

Nana e eu não conversamos muito no caminho de volta para a casa de Connie. Já era tarde e chovia muito, então ela disse que preferia pegar um táxi. Durante nossa curta viagem, ela me deu a mão, enquanto olhava pela janela e cantarolava a música que tinha cantado com Davey.

Entramos, tomando cuidado para não acordar Connie.

– Minhas pernas estão um pouco inchadas, deve ser por causa do voo, vou dormir com um travesseiro debaixo dos pés.

Ela me abraçou e acrescentou:

– Bons sonhos, meu amor, até amanhã.

Demorei uma eternidade até pegar no sono. Pensava em Davey e fiquei olhando o telefone à espera de uma mensagem. Nada. Mandei uma mensagem de texto dizendo "chegamos sãs e salvas". Fui escovar os dentes e pôr uma camiseta. Olhei o telefone novamente. E nem uma palavra. Achei que a bateria dele tivesse acabado, ou que talvez algum fã tenha vindo conversar com ele, ou... qualquer coisa do gênero.

Por fim, caí em um sono inquieto.

Um sonho estranho me acordou de sobressalto.

Eram 5h35. Decidi ficar na cama e dormir um pouco mais, porém não pude deixar de pensar nos detalhes do sonho e em como ele poderia se transformar em uma obra de arte.

Vi uma senhora que se parecia com a Virgem Maria. Ela estava em vestes douradas, com cabelos negros como o ébano e a pele branca. Segurava um coração, com muita ternura, nas palmas das mãos. Nana estava deitada no coração, vestida com um terninho azul, e também na cabeça da virgem, sentada, vestida com um terninho vermelho. Um senhor assistia à cena.

Levantei com Nana cantando. Uma onda de felicidade me tirou da cama e desci as escadas. Ovos, feijão, batata-doce fritas à minha espera, junto a torradas, geleias e café do Brasil. Ríamos como duas garotinhas. Nana relembrou antigos vizinhos, de quando era adolescente, de sua escola na Rua Stanhope, histórias de freiras e da moda naquela

Brianna fez de seu sonho uma escultura intitulada "Twin Nana" (As Gêmeas Nana e Eu.)

época. Arrumamos as coisas para um piquenique e esperamos Aisling chegar.

– Magic Mountain Day! – Dia da Montanha Mágica! assim falou Nana, do mesmo modo como quando costumávamos escalar o Monte Killiney quando eu era pequena. Aisling chegou com seu vestido de verão e uma cesta de piquenique, nos abraçamos, todas juntas.

– Obrigado por ser uma amiga tão adorável para a minha neta! – Nana disse.

Poderia jurar que Aisling estava cativada pelo charme de Nana. Até o ponto de ônibus, Nana ficou observando coisas bobas e belas, como flores nos jardins das casas, árvores, passarinhos... tudo parecia enchê-la de alegria.

Pegamos o ônibus e Nana pediu para ir até a frente do convés superior.

– É a melhor vista – ela riu, falando do tempo de sua infância em Dublin.

Atravessamos a estrada para o portão do parque e Nana olhou para os degraus cheios de grama, respirando com mais dificuldade que o normal.

– Escada para o céu – ela riu – me sinto com 19 anos de novo!

– E parece que tem mesmo... – riu Aisling.

Os degraus gramados eram cercados por árvores velhas e espessos arbustos. Uma raposa surgiu à nossa frente e sumiu.

– Adentramos o "outro mundo" agora – Nana disse.

– O que quer dizer com isso, Nana?

– Uma antiga crença celta: toda vez que os deuses te dão boas-vindas, enviam um animal selvagem para te cumprimentar na entrada.

Aisling adorou a ideia de adentrar em um reino mágico. Subimos a montanha lentamente, pois Nana queria parar para tocar em uma delicada flor. Abriu os braços como se estivesse abraçando um amigo invisível e girou como se dançasse uma música que só ela estava ouvindo.

Quando chegamos ao cume da colina e vimos o oceano cintilante espalhar-se qual um tapete de esmeraldas, Nana disse:

– Este é o meu lugar favorito no mundo. Vínhamos aqui fazer piqueniques quando crianças. Mamãe tinha uma irmã, minha tia Kitty, que morava em Killiney. Ela nunca teve filhos. Nossos verões eram sempre uma enorme aventura aqui e tia Kitty nos mimava muito. É bom demais poder ver isso aqui de novo.

Havia um tom saudosista em suas palavras que me entristecia. Aisling e eu nos sentamos perto dela, como se ambas fôssemos suas netas.

– Maureen, você sabe que eu amo Brianna como se ela fosse minha irmã...

– Ah, que amor, adoro isso, e vocês formam um par e tanto – disse Nana, acrescentando – Brianna me disse que você perdeu sua irmã quando eram ainda pequeninas?

– Sim, sempre senti que faltava um pedaço de mim. Brianna sabe disso e também o efeito que isso teve em meus pais, e ainda mais em minha mãe.

– Eu também tenho uma irmã gêmea.

– Nana? – perguntei perplexa, sem saber do que se tratava.

– Mariana é o nome dela. Eu sou Maureen e Mariana. Todos nós temos irmãos gêmeos – ela prosseguiu – nós mesmos, habitando outros momentos, lugares e algures na infância, na adolescência, e assim por diante. Eu sempre dizia isso ao meu marido quando ele era vivo. Ele também perdeu o irmão muito cedo, assim como você. Eu sei o quanto isso afetou a vida dele...

Então, voltando ao que eu dizia, tendo sido Mariana por tantos anos em São Paulo, posso imaginar que finalmente sou a jovem Maureen novamente. Mariana sempre podia pedir conselhos a Maureen e vice-versa! Agora, aqui estamos sentadas no topo da minha montanha mágica e parece que Maureen e Mariana estão andando de mãos dadas, provavelmente pela primeira vez.

Depois disso, visitamos o Witche's Hat, o obelisco em formato de chapéu de bruxa. Caminhamos pela floresta, tomamos sol na grama, bebendo café e comendo bolo.

Não conversamos muito. Havia uma alegria simples por compartilharmos a companhia umas das outras, o que era expresso por meio de pequenos gestos, como oferecer ajuda para passar pelas rochas azuis na praia logo abaixo da colina. O vento estava forte, porém morno.

Nana foi falando muito ao longo da caminhada:

– Naquela época, Brian e eu fomos chamados pela comunidade quilombola de Viajantes do Vento. Eu sempre amei o vento. Me disseram que eu era filha de Oya. Ela vivia dentro de dois reinos, como uma gêmea de si mesma. Durante o dia, ela era um búfalo, correndo contra o vento, e à noite removia a pele do animal, tornando-se essa linda mulher. Oya adorava nadar no mar e desfrutar de uma solidão pacífica.

Acontece que Ogum, o guerreiro, a viu como mulher certa noite. Eles fizeram amor, ele se apaixonou por ela e queria que Oya fosse sua esposa. Mas ela não abandonaria sua dupla vida como um búfalo, então se recusou a casar-se com ele. Ogum ficou transtornado. Quando a noite caiu, ele escondeu o pelo de búfalo de Oya para que ela pudesse ser só mulher por todo o tempo. Oya concordou em ser sua esposa então, e eles desfrutaram de uma união feliz por muitos anos. Depois de um tempo, no entanto, Oya sentiu falta da liberdade de ser búfalo. Então, seguiu secretamente Ogum e descobriu onde ele escondera sua pele. Estava dentro de uma caverna. Quando a noite chegou, ela tirou a pele, vestiu o pelo e virou búfalo, fugindo de Ogum. Embora o amasse profundamente, era impossível trair sua verdadeira natureza. Ogum, por sua vez, aprendeu a duras penas que não se pode aprisionar quem se ama.

Acredito que devemos sempre tentar combinar tudo o que a vida nos traz, mantendo nossas almas abertas o máximo possível. A morte prematura de sua irmã trouxe pesar à alma de seus pais, e talvez o sofrimento deles tenha feito você crescer para ser a pessoa maravilhosa que você é, sem falar no seu talento como poeta. Por que não escrever à sua irmã algumas linhas? Tenho certeza de que ela iria gostar, não importa onde ela esteja agora.

Aisling ficou quieta, pensativa. Ela abraçou Nana, mas permaneceu calada durante todo o trajeto para casa. Seu rosto pareceu mais calmo e sereno à medida que a noite passava. Amei Nana ainda mais depois daquilo.

Eu estava imensamente exausta quando chegamos à Rua Manor. Desmaiei em um sono profundo e sem sonhos.

No dia seguinte, acordei lá pelas 6 horas da manhã. Tive um sonho vívido. Nana e eu caminhávamos à beira da praia de Killiney. Ela tinha minha idade. Seus cabelos voavam ao vento quando ela virou-se para mim e sorriu. Tentei segurá-la pela mão, mas Nana correu em direção às águas tão rapidamente que parecia voar sobre o mar e eu não conseguia detê-la. De repente, ela mergulhou nas ondas e desapareceu, usando um vestido longo, azul, como se fosse a Rainha do Mar, nossa Iemenjá incorporada. Senti um calafrio, sentei-me na cama, enquanto tentava relembrar as imagens desse sonho encantado. Eu tinha de contar para a Nana!

Talvez pudéssemos desenhar essa cena juntas. Seria um desafio encantador e delicioso! Compartilhar das mesmas páginas, pincéis, imaginação!

Saltei fora da cama e desci as escadas correndo. Tinha certeza de que Nana adoraria a ideia!

Talvez ela quisesse desenhar Nanã... Ayo sempre falava dessa coincidência: Nanã, a divindade yorubá, mãe-terra, a guardiã ancestral da sabedoria feminina e Nana, o jeito carinhoso de dizer "vovó" na Irlanda. As ideias fluindo velozmente, decidi descer até a copa e fazer um café. Será que a Nana ainda dormia? Maravilha! Vou preparar café da manhã para nós duas! Coloquei torradas no forninho e fiquei lendo as mensagens do celular enquanto fervia a água do café. Dei ração para Hansa e abri a porta para que ele saísse para o quintal. A porta dos fundos estava entreaberta. Na certa Connie tinha esquecido de trancá-la ontem à noite, pensei. Parei para ouvir se Nana faria algum barulho lá no andar de cima.

Nada. Silêncio. Achei que ela ainda devia estar descansando. Passei geleia na torrada e ajeitei o bule de café à espera de Nana. Ela sempre adorou geleia com torrada pela manhã.

Hansa voltou para dentro de casa, soltou um ganido estranho e achei melhor dar uma olhada no jardim. Andei lentamente pelo caminho cheio de flores silvestres até chegar ao estúdio de Connie.

A porta estava aberta. A janela também.

Nunca vou esquecer a cena.

Nana estava sentada na cadeira de Connie, com os braços e os cotovelos esticados ao longo da mesa, como se estivesse tentando alcançar alguma coisa. As mãos delicadas, agora pálidas, ao lado de um lápis amarelo. Os cabelos dela estavam soltos, desalinhados, esvoaçando como uma nuvem cinza. O rosto estava caído sobre um papel de desenho. Lápis e carvão espalhados no chão, perto de seus pés.

Toquei a veia do pescoço, sem pulso algum...

Tentei gritar, mas minha voz tinha emudecido.

– Nana, Nana, você não pode morrer, acorde, por favor!- Chamei a Connie.

Ela veio correndo, descalça, ainda de camisola. Connie ligou para o pronto-socorro. Fiquei ali sem saber o que fazer, andando de um lado para o outro. Palavras confusas, gaguejadas e disparatadas foram saindo de minha boca. Apesar de todas as tentativas de Connie para reanimá-la, Nana permanecia imóvel. Nada adiantava. Nos asseguraram que uma ambulância estava a caminho.

Completamente chocada, corri para a casa de baixo. Eileen, a amiga de infância de Nana, só exclamou:

– Oh, Jesus!

– Você chamou a ambulância? Já entrou em contato com sua mãe? Connie precisa de alguma coisa? Você quer tomar uma xícara açucarada de chá? É bom para esse momento de choque.

Comecei a soluçar e tremer descontroladamente.

– Vem cá, entra aqui agora – ela me guiou – senta aqui que eu vou fazer uma xícara de chá pra você. Vou falar com Connie e ver se a ambulância já chegou.

Chegou uma mensagem de Davey:

"Está tudo bem? A gente ia se encontrar para almoçar, lembra?".

Dei a triste notícia a ele. Depois disso, o tempo correu em uma sequência doentia e aleatória. Perdi por completo os sentidos. Nem sei dizer em quanto tempo Davey chegou. Pode ter sido em alguns minutos, ou pode ter levado horas.

Os paramédicos apareceram e ocorreu uma cacofonia de procedimentos médicos. Eles não conseguiram reviver Nana. Declararam-na morta e a colocaram em uma maca. O ponto de ônibus ficava bem em frente à casa e seu corpo foi transferido para a ambulância que passava em meio à fila no ponto. Davey estava dentro de casa quando voltei. Eu disse a ele que precisava ir na ambulância com Nana e Connie.

– Não se preocupe – ele disse – estarei aqui quando você voltar.

Na ambulância, Connie mencionou de fazer o velório na casa dela, afinal, era a casa de infância de Nana. Ela nasceu na sala de estar da casa de cima.

Estupidamente, perguntei:

– Tem certeza de que ela está morta? Preciso ligar para minha mãe. – Liguei para mamãe quando estávamos no necrotério, assim que me recompus. Ela soltou um soluço doloroso e desabafou:

– Oh, mamãe, minha doce e querida mamãe!

Os preparativos começaram e a triste notícia se espalhou. O velório aconteceria na sala de estar da casa de Connie. Vizinhos, familiares e amigos conversavam efusivamente, sentavam-se nas cadeiras que foram dispostas, tiradas da cozinha. Ali Nana jazia num caixão aberto, com seu mais belo vestido. As mãos pálidas entrelaçavam as contas de seu rosário. Os membros da família não estavam animados, claro, mas tampouco estavam desolados. Afinal, Maureen havia vivido uma vida longa e feliz, todos estavam confortavelmente certos disso e concordavam com sinceridade entre si com palavras positivas e otimistas. Contavam histórias e falavam sobre como Nana amava arte, música e poesia e como adorava uma boa piada, além de ser ótima dançarina e cantar muito bem.

Falaram sobre tudo, exceto sobre aquele corpo exposto na sala. Os contadores de histórias animaram-se ainda mais com o cair da noite, contendo menos os sorrisos. As lágrimas fluíam mais livremente e o cheiro de tabaco e cerveja era pungente e pesado naquele ar dolorido.

Os vizinhos chegavam um por um com bandejas de sanduíches triangulares, bolos e doces, feitos com carinho para todos os gostos, vegetarianos, gulosos, carnívoros. Potes de chá e chaleiras borbulhantes. Uísque e cerveja. As crianças da vizinhança vinham e ganhavam limonada e batatas fritas Tayto.

Uma exaustão nervosa tomou conta de mim. Peguei uma fatia de bolo minúscula e um sanduíche de um prato já meio vazio. Bebia chá doce, uma xícara atrás da outra. Comia biscoitos que não queria. Lavei as xícaras e os pratos quando acabamos. Até esqueci que Davey estava lá. Ele esteve ajudando Connie, em silêncio, o dia todo.

Aisling chegou à cozinha. Ela me abraçou com força e me fez sentar.

– Um de seus vizinhos abriu pra mim. Sinto muito por sua perda, Brianna.

Ela lavou a louça e me serviu um copinho de uísque. Me deixou meio avoada, mas deu uma bela relaxada. Eu precisava ir ao banheiro. A cozinha estava me sufocando.

– Quer que eu vá contigo? – perguntou Aisling.

– Não precisa, estou bem, valeu, só preciso dar um tempinho.

Subi correndo as escadas e vomitei no banheiro. Tranquei a porta e fiquei ali sentada um tempo, tentando imaginar como adentrar naquele círculo de pessoas de luto sentadas.

Tia Imelda e mamãe perderam o voo de conexão em Amsterdã, mas chegaram, já quase meia-noite. Mamãe chorou ainda mais que eu:

– Nunca mais vou ouvir a voz dela, ou seu sorriso, ah, Imelda, o que faremos sem mamãe...

Imelda teve o cuidado de não estragar o rímel, então delicadamente esfregou os cantos dos olhos. Mamãe, por sua vez, estava um caco. Sua calma e elegância habituais foram destroçadas, sua guarda estava aberta, e ela pouco se importava. Estava sem maquiagem e seu cabelo estava preso por um coque. Estava mais parecida com Nana naquele momento de um modo como eu jamais havia notado antes: sendo pura, sincera e honesta. Papai fazia o possível para confortá-la. O amor deles era único e unívoco.

Foram ditas belas palavras sobre Nana Maureen. Conheci seus velhos amigos, pessoas que ela conhecia desde menina, velhos parentes e até mesmo Philomena, a antiga funcionária da biblioteca da Rua Capel.

Nana deixara uma marca profunda em muitos corações. Algumas pessoas de lá mal a conheceram como uma mulher adulta, mas ainda assim traziam a lembrança de seus modos adoráveis quando jovem em Stoneybatter. Como ela era conhecida como a melhor babá da vila, como as crianças a adoravam. Como ela trabalhava para uma instituição de caridade animal aos sábados, sempre passeando com os vira-latas. O velório durou três dias. As pessoas chegavam, prestavam homenagem, trocavam algumas palavras, deixavam cartões e partiam.

Com o passar das horas, pude olhar o rosto sereno de Nana com facilidade. Notei a beleza de seus traços pacíficos. Não me sentia mais com medo. Ela estava em paz. Até sorri, sentindo um orgulho interno. Foi uma honra, um profundo privilégio ter sido sua amada neta.

Abeje e Ayo me enviaram uma mensagem de vídeo. Elas cantaram uma bela canção de despedida para homenagear Nana. De alguma forma, suas vozes fizeram-me sentir mais forte e percebi que queria prestar-lhe uma homenagem.

Davey tocou a música favorita de Nana, "The Wind Riders". As pessoas aplaudiram, meus pais me abraçaram com força, Davey beijou minha testa. Sentamos, nós três, sem necessidade de dizer nada. Em vez disso, um profundo sentimento de serenidade e paz despejou um vínculo invisível entre nós.

– Brianna, há muitas pessoas aí na porta perguntando por você. Pedi que mamãe ficasse com Nana enquanto fui ver quem era.

Levei alguns segundos para reconhecer aquele rosto. Só a vira em fotos no Facebook. Alta, esbelta, com longos cabelos escuros e joias caras, muito perfumada. Era Alexia, minha prima. Ela era filha de tia Imelda.

– Oi, prima! – ela me cumprimentou, dando um sorriso rubro, de batom.

– Conheci um amigo seu, muito bonito, durante o voo – ela disse – esse cara aqui...

Antônio subiu o pequeno degrau em frente à porta, me olhou com um carinho genuíno e me abraçou com força.

– Sinto muito, Brianna. Vim para me despedir da sua amada avó. Disseram-me que ela morreu de embolia pulmonar, né? Eu gostava muito de sua avó. Li sobre o velório no seu Facebook e vim o mais rápido que pude. Achei que você poderia estar precisando de um apoio em uma hora tão triste dessas. Vocês duas eram tão unidas... te mandei várias mensagens e você nunca respondia. Fiquei preocupado com você. Como sei que os velórios aqui na Irlanda duram dias, achei que daria tempo.

Fiquei emocionada com aquela demonstração tão linda de empatia e solidariedade.

– Sim... – foi tudo o que pude dizer.

Alexia se aproximou e enlaçou seu braço nele.

– Conversamos durante todo o voo, né, Antônio? E é claro que o tempo voa quando se tem tanto em comum.

Antônio pareceu um tanto tímido, e ficaria ainda mais depois. Davey chegou do meu lado. Antônio o olhou meio indelicadamente e virou-se.

– Olá, sou o Davey – disse, dando-lhe a mão – é um prazer te conhecer!

Antônio deu um sorriso forçado e apertou-lhe a mão com desleixo. Alexia aproximou-se de Davey, oferecendo-lhe sua mão bronzeada, com as unhas feitas e seus anéis. Passou seu elegante cabelo preso por cima do ombro e disse:

– Brianna, simplesmente adorei seus amigos... acho que vou ficar em Dublin por uns tempos. Você precisa da família por perto, querida!

Por cima do seu ombro parecia haver uma sombra persistente e densa, que pairava ao lado esquerdo. Balancei a cabeça. Eu não dormia há quase dois dias. Já não estava mais entendendo nada. Na certa, estava começando a alucinar.

Aisling me chamou na cozinha:

– Brianna, você deve estar exausta, vem tomar um chá que acabei de fazer.

Pedi licença e fui até a cozinha nos fundos da casa. Aisling desatou a falar:

– Brianna, o que o Antônio está fazendo aqui? Você não disse que terminou com ele na praia no mês passado?

– Não sei, estou mais confusa que você. Eu nunca iria imaginar que ele fosse pegar um avião para vir a um velório. Eu sei que dinheiro não é problema para ele, então ele pode fazer o que bem entender. Pensei ter sido clara com ele na praia... além disso, não entendi mesmo. Ele tem namorada. Mas talvez ele seja um bom amigo, no final...

Voltei para perto de Nana.

Uma onda de amor profundo fez minha cabeça rodar. De repente, senti vontade de rir, de falar de minhas confusões, de trocar uma última piada com Nana. Mas ela já tinha partido.

Três dias de vida terminada.

Sete dias trancada no meu quarto. Organizando minha história e a de Nana.

Tentando alinhá-las lado a lado de modo a encontrar os meandros, a romper os fios que possam ter sido tecidos em torno de sofrimento e dor. Mas também honrar os bons enredos, a herança de coragem, o senso de justiça e sabedoria. Será minha escrita tão libertadora quanto Nana acreditava?

A vida se divide entre aqueles que ouvem histórias e os que preferem vivê-las.

Mas quando, como eu, se pertence àquela espécie híbrida, no limiar entre os que se guardam e os que se rasgam, a vida segue acontecendo e pedindo narrativas.

Uma das coisas mais preciosas que Maureen tinha era a fotografia acima, que mostra sua mãe, Harriet, segurando um cavalinho de brinquedo ao lado de seu irmão mais novo. Foi tirada em Galway, onde ela cresceu, em 1911. Maureen sempre comentava que a expressão sombria de Harriet nunca mudava, exceto nas estranhas horas em que seu pai Joey conseguia persuadi-la ou coagi-la a emitir algum sorriso. Maureen amava o pai por isso e adorava a mãe por sua bondade incondicional.

Talvez ninguém goste desse mosaico de aventuras, mitos, acontecimentos reais. Quem será capaz de compreender tantos casos inclassificáveis, apátridas, até mesmo fora de moda?

O que fazer com tudo isso, então? Entregá-los à vida.

Que meus fantasmas seduzam a muitos e se libertem de mim. Sentirei saudades...

Mas para acolher novos fantasmas, primeiro preciso doar-lhes os meus...

*Brianna*

Adrienne Geoghegan é conhecida pela originalidade de seus trabalhos com colagem, caixas de sombras e livros infantojuvenis. Além de seu percurso como artista plástica e autora, ministra cursos de arte em seu estúdio ILLUSTORI.

Quando criança, Adrienne vivia imersa em um mundo fantástico, sempre a inventar personagens e criar aventuras. Adulta, foi finalista do prêmio de ilustração MacMillan, em Londres; e detentora do prêmio Bisto, na Irlanda. Sua carreira abrange livros para jovens, ilustração, pintura e escultura.

Formou-se pela Universidade de Kingston, em Londres, Reino Unido. Durante seus anos na Inglaterra, ilustrou jornais e revistas, como *The Guardian* e *The Economist*. Além disso, deu cursos de arte na Escola de Arte e Design DIT.

Nos últimos anos, ministra oficinas de literatura infantojuvenil no Centro de Escritores Irlandeses (Writers Centre), em Dublin. Além de dar palestras sobre livros infantojuvenis, ilustração, colagem e pintura, costuma lecionar nos cursos de verão da Galeria de Arte Nacional da Irlanda. (National Gallery of Ireland).

*Viajantes do vento* é sua primeira obra publicada no Brasil, país pelo qual sente enorme carinho e admiração.

**Heloisa Prieto**, paulistana, ganhadora de diversos prêmios literários, é autora de 82 obras voltadas para jovens e crianças. Mestre em Comunicação e Semiótica (PUC), desenvolveu pesquisa sobre memória cultural como tema de sua tese de doutorado (USP). Em 2018, durante uma estada em Dublin, na Irlanda, conheceu Adrienne Geoghegan, no Centro de Escritores Irlandeses. A partir desse encontro, ambas começaram a escrever o romance *Viajantes do vento*, obra que aborda a trajetória de jovens imigrantes dos dois países, bem como o diálogo entre as tradições culturais celtas e afro-brasileiras. Parte da escrita aconteceu de modo presencial, mas também à distância, gerando uma experiência criativa de grande riqueza. Tendo vários títulos seus adaptados para o teatro, TV e cinema, Heloisa prossegue em sua pesquisa sobre diferentes raízes mitológicas e a relevância de suas narrativas e ensinamentos no mundo contemporâneo. Na Editora Estrela Cultural, já publicou duas obras: *Coração musical de bumba meu boi*, obra aprovada pelo PNLD Literário 2018; e *Visitando sonhos*, adquirida pelo programa literário da prefeitura de São Paulo.

Este livro foi composto em
Tisa Pro e Tisa Sans Pro.